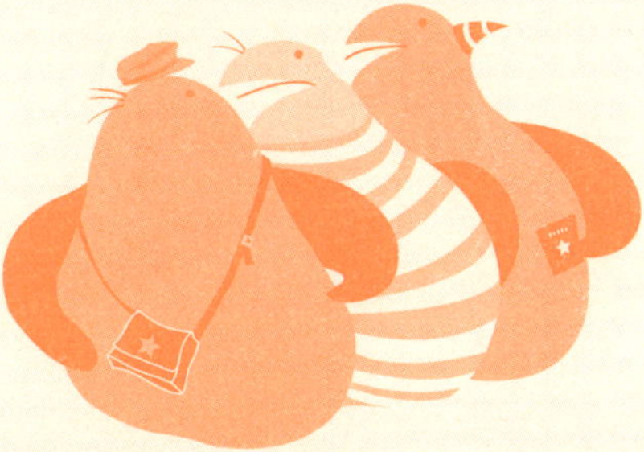

致——
那些陪我们一起二过的人

王小柔 著

越二 越单纯

人民文学出版社

图书在版编目（CIP）数据

越二越单纯 / 王小柔著. —北京：人民文学出版社，2012
ISBN 978-7-02-009653-4

Ⅰ．①越… Ⅱ．①王… Ⅲ．①杂文集－中国－当代 Ⅳ．① I267.1

中国版本图书馆 CIP 数据核字（2012）第 312677 号

责任编辑　陈彦瑾
装帧设计　李思安
责任印制　苏文强

出版发行　人民文学出版社
社　　址　北京市朝内大街 166 号
邮政编码　100705
网　　址　http://www.rw-cn.com

印　　刷　北京季蜂印刷有限公司
经　　销　全国新华书店等

字　　数　175 千字
开　　本　889×1194 毫米　1/40
印　　张　5.6　插页 14
印　　数　25001－30000
版　　次　2013 年 1 月北京第 1 版
印　　次　2013 年 7 月第 3 次印刷

书　　号　978-7-02-009653-4
定　　价　25.00 元

如有印装质量问题，请与本社图书销售中心调换。电话：01065233595

你若不伤　岁月无恙

（自序）

每天太阳会斜着从窗户边照进来，就像孙悟空拿金箍棒在地上画的圈儿，往里一站浑身立刻暖洋洋的。偶尔会低头看看，飘窗处的花花草草没变，旁边还是那几只自己会开门关门进出自如的鸟，可是，很多时光却过去了。我的书桌上还摆着土土的百岁照，而那个胖乎乎脑门儿上点着红点儿，手上戴着银锁的哪吒般的男孩，如今已成翩翩少年。

黎戈在《私语书》里说：很希望自己是一棵树，守静，向光，安然，敏感的神经末梢，触着流云和微风，窃窃地欢喜。脚下踩着泥，很踏实。还有，每一天都在隐秘成长。

也许是新陈代谢慢了，一切都缓下来了。每天有大量的时间用来读书和细细回味，很多年轻时会纠结的事，能够豁然开朗，拿起放下也变得从容多了。来自市井的温情就像炉子上的小豆稀饭，咕嘟咕嘟地冒着热气，飘着股饭香。我喜欢生活里的人声嘈杂，喜欢小日子里的喜怒哀乐，喜欢跟家里人在一起的天伦之乐，喜欢在朋友面前的嬉笑怒骂。如果生活是一幅画，那这幅画真的算不上精致，但很生动就足够了。

总是想起一个同事参加完亲戚的葬礼，回来说："躺在她的床上我一点都不害怕，因为跟她的照片对视，我心里没有愧疚。"当时大家一起感慨了一会儿生命无常。她说，一定得对身边人好，不然生命彼此相送的时候，你会心里有愧无法对视。当时，我的内心就开始翻江倒海，看看有没有什么愧疚埋在心里尚未弥补，因为我们来生，真的不相见。

很多人还在为爱纠结，我想这是我们隐藏得最深的情感了，是唯一对自己也要保守的秘密。有人说，你爱上谁，便是递给谁一把尖刀，但你无法预知哪天他是会用来为你削苹果，还是会朝着你心口狠狠扎下。其实，你忘了，你手里也有刀，爱若是变成了短兵相接就太可怕了。翻脸之后的爱，最残忍。

有很多情感作家站在高处给众生指点迷津，有时候看他们对答，就像看见有人家里丢了东西非得去找瞎子算命似的，必须问清楚到底谁偷的，朝哪儿跑了，东西能不能找回来。你把自己的日子过得一团糟，问情感作家，还真不如问街坊邻居呢。我特别不善于挖掘别人内心，有时候觉得他们在倾诉的时候整个人仿佛处在幻觉里，我又不能总说："最失败的听众是，人家随便说，你却当真了……"所以，凡是要求我为情感答疑解惑的，我一概会写一张纸条：人生，总会有不期而遇的温暖，和生生不息的希望。如果是十年前，我拿到这么张纸条一定会往地上啐一口,认为别人站着说话不腰疼,在这敷衍了事。但现在,我会觉得,感情挫折,相对于人生的无常,是多大点儿事儿啊!

爱,可以是小溪,一路叮咚叮咚,让整个林子都知道这儿流水了。也可以是湖,静静地映衬着四周的山林,沉默无语。还可以是海,无论飓风还是暴雨,都能包容。当然,更多人的爱是自来水,自己控制着水龙头的水溜儿,不交水费我立马把你总截门给掐了。

有些烦恼是我们凭空虚构的,而我们却把它当成真实去承受。很喜欢这句在印度流传的话:无论你遇见谁,他都是对的人。无论发生什么事,那都是唯一会发生的事。不管事情开始于哪个时刻,都是对的时刻。已经结束的,已经结束了。

单纯的人容易受伤。但同样,单纯的人也更容易痊愈。

我喜欢有点儿二的人,因为他们单纯善良。善良的人,容易开心,也容易伤心。善良的人像小孩儿,很容易满足,你说什么都相信,生气了好哄,笑的时候投入。善良的人,少寂寞,因为朋友会很多,像是白开水,没有味道,就是他的味道。

"王小柔悦读会"就聚众了一群这样的人,因为喜欢看书的人都单纯,所以我们的公益行为也在饱受质疑,被问最多的就是:"你们耽误着这些工夫,能商业化吗?"以及"你们为嘛干这种自己搭钱却不挣钱的事儿呢?"我们冷静地告诉他们:"玩!我们就为玩!带大家一起玩!行吗?"

文学，是一切艺术的地基。读书，这么美好的事，很多人不懂，我们只好手把手地教，用我们觉得有效的方式。就为了，让更多人的内心与好书相遇。

写这些话的时候，我就想起老人们总用的那个句式：这都是为你好。

真对一个人好，没有时间去思考，对这个人好有什么用，能有什么回报，真好都是傻好，一点也不复杂，只是他开心了，你就快乐了。就这样简单。很多时候，不是故事的结局不够好，而是我们对故事的要求太多了。

二的人从来不装，因为他们不会。就像一个自信的女人，不用浓妆艳抹一样能应对各种场合。有时候会受委屈，但他们会像孩子一样，自己从地上爬起来，连土都不掸，继续奔进游戏的队伍，因为生活里的欢愉对他们远比摔了一跤更重要。你要相信爱、温暖、美好、信任、尊严、坚强等这些老掉牙的字眼，虽然它们不再那么流行。

很多事犹如天气，慢慢热或者渐渐冷，等到惊悟，已过了一季。真实，不包装，在如今已经算是二的一种，那么宁愿就这么二下去，我们为什么要随波逐流，让步屈从？何必去证明什么，生活得更好，是为了我们自己。

你可以把坏日子当做好日子的首付，从今天开始，每天微笑吧，因为对岁月而言，连生死，都是小事。静静地享受所有时光，你若不伤，岁月无恙。

目 录

CONTENTS

‖ 第一辑　二得比较有性情 ‖

你怎么有的孩子 · 002
想要孩子着了魔 · 005
我以为您是孕妇呢 · 008
往事像七分熟的大腰子 · · · · · · · · · · · · · · · · · · 011
幸亏我不是你婆婆 · 014
心想事成的力量 · 017
人就不能意气用事 · 021
感情是盆娇气的花 · 024
不能因为火化便宜就去找死 · · · · · · · · · · · · · · · 028
身怀绝技的女记者 · 031

越二的人越单纯 · 034

暴雨过后的水上乐园 · · · · · · · · · · · · · · · · · 038

洒一路肾上腺素 · 041

最爷们的是自己 · 044

吃下脚料的日子 · 048

花钱也得冲锋陷阵 · 051

坐在牌桌上出黄瓜 · 054

厨房里的化学实验 · 057

橄榄油费衣服 · 060

开饭馆的人不容易 · 063

到处都是普罗旺斯 · 066

手机里存的裸照 · 069

人人都是大侦探 · 072

打着幌子过生日 · 075

到老也要挤出事业线 · · · · · · · · · · · · · · · · · 078

指导人生的胆量 · 081

女人会武术谁也挡不住 · · · · · · · · · · · · · 084

贼船上了就难下 · 086

谁也甭想占我车位 · 089

团购就像一场革命 · 091

谁年轻时没爱上过人渣 · · · · · · · · · · · · · 094

美人迟暮不禁夸 · 097

提着裤子大漠追车 ··················· 101
去 KTV 练朗诵 ···················· 104
人间奇葩次第开放 ··················· 107
热心肠爱搅和 ····················· 110
在家里折腾不开 ···················· 113
吃了没文化的亏 ···················· 116

‖ 第二辑 游手好闲的生活 ‖

鸟人鸟事 ······················· 120
离家出走的艺术家 ··················· 123
看不惯好基友 ····················· 126
对狗也不能溺爱 ···················· 129
生一小区孩子 ····················· 132

‖ 第三辑 爬出井能看见天儿 ‖

要发财了 ······················· 136
那个像香港的地方 ··················· 140
出国前得做足准备 ··················· 144
祝我们一路顺风 ···················· 147
咱也是外国人了 ···················· 150

‖ 第四辑 你的笑对我很重要 ‖

才艺表演必须一鸣惊人 · · · · · · · · · · · · · · · · · 154
不知道往哪儿瞄准 · 157
生活在作文里的一家人 · · · · · · · · · · · · · · · · · 160
人在阵地在 · 163
他们就是未来的我们 · · · · · · · · · · · · · · · · · · · 166
等着给幸福扶贫 · 169
春运是一场温情戏 · 172
孩子,你幸福吗 · 175

‖ 第五辑 朋友眼中的王小柔 ‖

人生的悲喜是一株可嫁接的树 文/高珺 · · · · · · · · · 180
这个女的很有趣 文/白花花 · · · · · · · · · · · · · · · 187
抽一颗,咱再聊会儿 文/韩亮 · · · · · · · · · · · · 192
爆炒回锅肉 文/韩匡名 · · · · · · · · · · · · · · · · · · 197
段子背后的段子 对话/陈彦瑾 王小柔 · · · · · · · · · · · · 200

王小柔之妖蛾子填字游戏(2013年版) 主创/魏曲林 · · · · · 210

第一辑
二二得比较有性情

你怎么有的孩子

结婚生子,顺理成章。一般顺理成章的事都特别容易,可偏偏到王瘦溜这儿就变成了难事。因为她老公是几代单传,结婚一个月之后婆婆就开始关心起王瘦溜肚子的动静,只要见面就开始说,小区里谁的儿媳妇怀孕了,谁的孙子特别聪明。家庭成员集体看电视,但凡画面里出现孩子或者奶粉广告,老太太就开始啧啧称叹,弦外之音弄得这刚过门的小媳妇非常不快。

家庭气氛异常严峻,让本打算先玩几年再要孩子的小两口改了战略计划,反正孩子早晚得生,及早不及晚,好歹还能消停看几年电视。

自打王瘦溜下决心怀孕,这一个月一个月过得飞快,她整天坐公交车听着没完没了的"今天做手术明天就上班"的便宜流产广告就闹心。三个月后给我打电话,上着班语气异常焦急:"问你个事!你怎么有的孩子?"我立刻五雷轰顶,这大白天哪有说这个的,而且打盘古开天辟地就有的事，根本没任何技术含量啊。王瘦溜说生孩子的压力太大，他们两口子时不时总能为点小事吵起来，一吵就往外扔狠话："咱明天就上医院检查去，看看到底谁有病。"

我立刻来气了："谁说结婚仨月没孩子就得不孕不育啊，医院就等你们这些傻闺女自投罗网呢。"我用很长的一段时间给王瘦溜加油鼓劲儿，让她打心里势在必得，不能总给自己灌输"又没怀上"的负信息。王瘦溜是个特别懂话的人，跟打了鸡血似的挂了电话，当即把自己调整到另外一个轨道上了。

王瘦溜开始吃叶酸，吃得月经来得非常凌乱，为了跟上身体的脚步及时掌控自如，她打淘宝上批发妊娠试纸、纸杯，投资倒也不大，四十块钱六十张。一般人都是在特殊时期试一下，吃个定心丸，赶上王瘦溜这种求子心切的，每天得用两张，一早一晚跟吃药那么准时准点儿。王瘦溜说，经常半夜憋尿醒了就去厕所拿试纸测一下，出来盹儿也醒了，躺那光剩惆怅了，但早晨雷打不动，还要再去验一下，万一呢！

为了增加心理暗示，王瘦溜管老公称呼"先生"，意思是赶紧生。王瘦溜一家都被怀孕的强大气场包围了。她婆婆把王瘦溜放家里的卫生巾全给送人了，王瘦溜问起，婆婆说："你不需要这个！"和先生去超市购物的时候，王瘦溜想买几包卫生巾放家里备着，她先生说："我觉得你这个月不需要这个！"可尽管一家都认为这月该有成绩了，王瘦溜的噩耗来了，她先生还得大半夜砸小卖部的门购买卫生用品救急。

你怎么有的孩子

忽然有一天,王瘦溜在日历上画了个重重的红圈,然后打电话咨询我:"这月日子过了,还没来,你说我是不是赶紧去医院立个本儿,要不生的时候没床位了。"我说:"没那么快立本儿吧,怎么也得过了三个月,你这才过仨小时,在家再观察观察。"但王瘦溜怀揣胜利的喜悦还是去了中医医院。她故作镇定地向号脉的老大爷说明了情况,并试探地问:"您说我这月没来,还会来吗?"这接头暗语一般的对话是很有深意的,大爷左右手的腕子都摸过一遍以后沉吟良久说:"你不像要来的,回家等信儿吧!过几天来立本儿。"意味深长啊!

王瘦溜还没走出医院楼道就已经向十个人汇报了战果,一句"我可能怀孕了!"换来的是人民群众雷鸣般的掌声与祝贺。据说王瘦溜打了一下午的电话,然后特别隆重地叫了西餐外卖,奶油啊、芝士啊,但凡能补钙的都点!怀孕了必须补补身子加强营养,不能亏着。她先生一反常态还没到下班点就赶回来了,看见她正倒在沙发里无所事事地看电视强烈制止,说情节紧张影响胎儿发育,像《喜羊羊与灰太狼》这样的动画片也不能看,因为里面有暴力情节,只能看看《海绵宝宝》和《花园宝宝》,不用走脑子还有助胎教的片子。

她先生很主动地睡到了沙发。哪承想,根本就没耗到大夫说的"等两天",后半夜大姨妈就来了。王瘦溜这个失落啊,向亲人哭诉。亲人们斩钉截铁地说:"那种不负责的医院以后坚决不能去了!"

而王瘦溜的求子路才刚刚开始。

想要孩子着了魔

王瘦溜蜜月。说实话我都不知道她什么时候领的证,因为也没请大家吃饭,夫妻关系就一直是纸里包着火。突然有一天,她放话说去台湾旅游,蜜月旅行,大家这才知道原来已经是有夫之妇了。

王瘦溜跑那么远洞房是有自己的小算盘的。当然扒拉算盘珠子的不止她一个人,双方长辈都盼着他们出趟远门能整出点事儿,去时俩人回来三人。她出发前我见了她一回,唾沫粘家雀地送上了很多美好祝福。她回来我也在第一时间看见她了,连路上耽误的时间也就六天,人胖了好几十斤。

我第一反应就问:"你怀孕了?"她摸着肚子说:"还没查呢,但我最近太能吃了。也爱睡觉。"表情特别满足。本来想让她帮我收拾书架的,别再动了胎气,先供着吧。王瘦溜强调以后上不了网,因为电脑辐射,也不让给她打手机,有急事最好邮局寄信。我立刻晃荡着脑袋说:"我没急事找你。"

王瘦溜的饭量惊人,以前怕胖,这不能吃那不能吃,现在见饭吧,说饿虎扑食有点过分,但跟搬了一天砖的农民工有一拼,所有人套餐里吃不下的剩饭剩菜全归她打扫,而且她吃得还特别香。我们怕对不住肚子里的孩子一个劲儿点,她那嘴,张开就跟生产线似的,不拉闸不带关的。

饭桌上,数她兴奋,扫听的全是正面生孩子的事,顺产剖腹产的疼法有什么区别,怎么催奶,要是奶出不来去哪找催奶师,得花多少钱。光牛鼻子汤就问了我三遍怎么做,说实话,我一想到乳白色的汤里飘着一层细密的鼻毛就恶心,她还扫听得特别仔细。我说:"你能医院立完本儿再问实战经验吗?"

有一次我们要去爬山,问王瘦溜要不要参加,她说不知道这个月会不会有,现在还没有征兆呢,我说你去药店买个试纸测一下不就踏实了吗?王瘦溜说,她上个月打网上批发了六十个妊娠试纸都用了。这个月不想那么瞎花钱,所以,等等,然后直接去医院挂号查一次,要查出怀孕,就在医院直接立本儿。我心话,一个妊娠测试,一个月用俩还不够,六十张,早一次晚一次,赶上吃药了。

王瘦溜每个月都觉得这次会有孩子,所以哪儿都不敢去。我们劝她,就算不爬山也要去绿树多的地方,空气好对孩子有好处。王瘦溜一听也对,就同意了。快进山时,在服务区,我听见王瘦溜正给她爱人打电话说,她的大姨妈来了。

我从来没见过一个这么着魔要孩子的。但王瘦溜说:"能不能怀孕目前已经跟要孩子没关系了,是得证明给别人看自己生理没问题。"

王瘦溜的小月份牌上画的全是记号,那是为创造生命战斗过的日子。因为太多,所以都记乱了。

再看王瘦溜的微博,转的全是孩子的,QQ空间也是,满眼都是外国孩子,蓝眼睛和天使一样。我看见王瘦溜都条件反射了:"有了吗?"和接头暗号似的。她还特专业,虽然没怀孕,成天找我要孕期护理的书。我给她找了本《怎么做好一个准妈妈》的书。一个星期以后,王瘦溜打电话问我:"你有一岁孩子的育婴书吗?"她说她要笨鸟先飞,多学习才能做一个好妈妈。我问她你怀孕啦?她说,我正来大姨妈呢。我觉得这不是笨鸟先飞,这是笨鸟一直飞,就不打算落地了。直到我把《0—10岁孩子的护理大全》交给王瘦溜,她还没完成自己的使命呢。但已经出落成为一个育儿专家,同事的孩子出个痱子,发个高烧,总流口水等等,她都能跟个儿科专家似的告诉人家怎么用药。

孩子虽还没进肚,她已然成为一位神医。

我以为您是孕妇呢

据说王瘦溜为求子在家摆风水阵，我去参观了一下，几乎打进门就得蹦着走，桌子椅子全跟木牛流马一般，挡着道儿只能拿脚踹。进卧室一看，床头摆了八个孩子的写真照，男男女女大大小小，要不知道的，准得以为这是打拐办。王瘦溜扭头跟我说："回头把你们孩子照片送我一张啊！每天我们睡前跟选美一样，看好看的孩子养眼。"我扫了一眼满床头的童男童女，特疑惑："你不会是妖精变的吧？"

王瘦溜在要孩子这件事上表现得非常坚定不移。因为身边大环境里有诸多婚后未育人士，所以彼此鼓励，互相扶持。比如在同事的推荐下花好几百进了个高科技设备：口红排卵测试仪，靠查看唾液的分子形状来分析排卵期。每天晨会前，几个女同事轮番对着测试仪啐唾沫，跟多恨这个单位似的，然后挨个排查玻璃片里那些跟雪花模样的东西，仿佛在看万花筒。

高科技设备不止这一个，为了严防死守，王瘦溜端正态度，提前进入状态，一到了晚上就露出肚子，跟做B超似的在肚皮上抹一层膏状物，把接收器贴在上面，戴好耳机，拿起麦克风，你知道她这是在干嘛吗？她说随时在跟宝宝通话。一个星期以后，把家里家外那点儿破事全跟肚子念叨了。

身边的朋友让她带得全都把她已经进入了准妈妈状态对待，送的胎教盘品种繁多，王瘦溜每天晚上比上班还忙，先看胎教书，然后跟肚子说话，再听高雅音乐。胎教音乐都很特别，海浪排岸哗啦哗啦，同时还有冒泡泡的动静，以及小孩突然哈哈笑，并且重复着小声小调地叫"妈妈"。这动静明显让屋里的气氛很诡异，独自在客厅里玩游戏的老公大声说："这是嘛声？太瘆得慌了。"王瘦溜说，跟肚子说了一个月的话，最后什么效果也没有，就放弃了。

我把手边生孩子养孩子的书全施舍给王瘦溜了，她说她正在看一本高档育儿杂志，除了出落得跟个育儿专家似的，王瘦溜还告诉我，那杂志里的婴儿车大部分是童车里的劳斯莱斯，全十好几万一辆。成天瞅这样的书，真励志！如果你以为王瘦溜只看育儿书那就太低估她了，她手边还有撕不烂的童书、卡片以及绿色玩具，因为外国专家说，胎教时给肚子里的小生命看这些东西，孩子生出来也会有意识。王瘦溜是个执著的人，从来不会因为肚子里啥都没有而耽误胎教。她给自己安排了教程，第一天看五张，第二天看十张，周末看彩色水果、蔬菜卡片。我真佩服她，太能坚持了。为教育一个有文化有修养的肚子而持之以恒。

王瘦溜的口头禅是:"万一有呢!"就因为这一万中的万一,王瘦溜生怕亏着肚子里的孩子,每月只要一怀疑自己怀孕,就开始配营养餐。每次吃的时候还得看动画片《加菲猫》,越吃越带劲,订最大号的比萨,一般一家三口吃还能剩两角的量,她一个人能全吃了。有一次请她吃自助餐算开眼了,搁咱都是喜欢什么吃什么,王瘦溜是摆什么吃什么。牛奶、奶茶、橙汁、西瓜汁等等,只要你敢摆,我就敢喝,先一样来一杯尝尝。各种稀饭、各种粥一样一碗,从西点到炒面,有时还得再夹几个灌汤包。面包不但要抹黄油,还得夹芝士、煎蛋、火腿等等辅料。看见酸奶必须喝一杯,边喝边在心里告诉自己酸奶是助消化的,吃进去的都能消化掉。直到用餐结束,还得打一壶柠檬茶揣着,等溜缝儿用。

因为长期励志的结果,王瘦溜变瓷实了,衣服都是 A 款,加上肚子,很有孕妇风韵。因为肚子凸出,她嫌穿裤子太勒,成天穿个秋裤外套高筒袜,上面很宽松。她每次买衣服只选"胖嘟嘟"牌,这衣服牌子也够可恨的。T 恤衫她只选 180 的,有富余量这样还能显得瘦点儿。有一次她去买衣服,王瘦溜对售货员说:"有肥点儿的吗?因为我准备要孩子,怕以后胖,不能勒着肚子。"那售货员也真对得起她,脑子都没走:"我以为您就是孕妇呢!"

为了有个好心情,王瘦溜衣柜里一水儿的鲜艳衣服,说这样可以让心情愉快。首饰也全是丁零当啷的,说走在路上一响,别人就知道有孕妇来了,不容易撞着。

当人痴迷于一件事,真是容易走火入魔啊。

往事像七分熟的大腰子

王瘦溜邀请大家去她家做客。如今还葆有住大杂院情怀的人不多了,串门儿这个词都快绝迹了,所以我坚决得去捧场。

地铁坐到头儿,又打了一辆车,我坐在那一个劲儿感慨:"哎呀,这路真宽,一点都不堵车。"司机诧异地斜了我一眼:"姐姐,这都到郊区了。你串亲戚吧?"瞧人家问这话,跟我戴了花头巾挎了一篮子鸡蛋似的。我说:"串个门儿。"车东拐西拐,到了一个特别优雅的小区里,跟门口的菜市场浑然不是一个世界啊。还特别洋气,净是土坡儿和假人假牲口,在王瘦溜的楼洞口戳着一棵老么高的椰子树。我们不由得感慨,在这儿生活,真有品质。

别说,王瘦溜家里也很洋气,满墙的油画,去厕所的过道跟艺术长廊一样,连大白影壁墙上全是一句一句的英语。屋子很大,阳光明媚,我们这些串门儿的人,民间惯了,冷不丁一到艺术世界特别举足无措,没完没了地问"换鞋吗"、"能坐吗",因为地下铺的都是澳大利亚的牲口皮,纯羊毛,剪剪就能一人来副鞋垫儿。

盛情好客的王瘦溜在厨房忙乎。我则游手好闲地到处闲逛,耳边传来王瘦溜老么远的叮咛:"我们家乱啊,没来得及收拾。"我心话儿,咱不怕乱,我们就是来添乱的。她的书房里全是书架,一看就是文化人,上面摆满了没撕塑封的书,我们不由得赞叹,太有文化了,逮嘛书存嘛书,拿下来也就看看封面。

最有意思的是书桌上摆了俩脑袋,跟打午门外刚拾来的似的,活灵活现。我举着手机正想拍下来,一瞬间电话响了,给我吓的!跟我一同巡视的还有俩男的,俩人还商量:"你说,把这头扭过来,那面有脸吗?"另一个说:"你把假头套戴自己首级上,就有脸了。"这间屋子真悬疑啊!最有趣的是,书架的空当处摆满了一个陌生女人的照片,都穿着旗袍。我大叫:"你屋里那陌生女的是你吗?"厨房里传来肯定的声音,王瘦溜说:"这屋子风水好,打住进来,我长了三十斤,而且每天都长肉,订做的旗袍都不能隔夜,因为今天试完,明天就穿不进去了。"

这门儿串的,大家立刻就沉默了。

王瘦溜做的是西餐。一人面前摆一大盘子,上面冒尖的通心粉。我以前也做过这个,都是把通心粉煮熟了再加食材炒。王瘦溜是把煮好的通心粉放盘子里,上面浇卤儿,还配的菜码。我们心存感激,人家把饭给我们都做熟了,就闷头吃吧。正吃着,王瘦溜问我:"你吃出外国味儿了吗?"大家集体点头。一大哥没话找话地问:"这么好吃怎么做的啊!"语气里都透着股言不由衷的劲儿。王瘦溜骄傲

好朋友就是，我前言不搭后语，你却都懂。人心就像一个容器，装的快乐多了，烦恼自然就少了。简单的人，容易快乐。

生活一天一天堆积在一起。非常年轻的时候,我讨厌这复印机似的日积月累,总向往远方,恨不能生出翅膀;但当自己有了孩子,每天必须纠缠在无数琐碎里,忽然爱上了这一天又一天的朝夕相处,和热气腾腾的味道。简单的日子,才是人间天堂。

地挺起了胸膛:"我拿黄油炝的锅,炼乳下的卤儿,还浇了老多芝士。"听完,我觉得我吞咽都有些困难。吃得叫渴,问有水吗。王瘦溜很兴奋地奔厨房,我大呼:"你不是要做罗宋汤吧!"她赞美了我的智慧,我冲进厨房:"你别那么麻烦了,喝白水就行了。"王瘦溜说:"罗宋汤不麻烦,把我的卤儿兑点儿水就得了。"

餐毕,我们千恩万谢出来了。路上,我问那老几位"你们饿吗",这些不诚实的家伙满不是在人家餐厅拍着肚子说"吃得真舒服"的样子了,一呼百应要去吃烤串儿。都不用看菜谱就点上了,砂锅醋椒豆腐汤、羊肉串、肉头汤、烧饼。几个男的又要了几串腰子,最后叮嘱小伙计:"腰子,我们要七分熟的!"

看他们吃那腰子,边吃嘴角边淌血,真受不了,我说:"回首往事,真恶心啊。"另一个人接:"就像这七分熟的羊腰子。"

以后不随便串门儿了。

幸亏我不是你婆婆

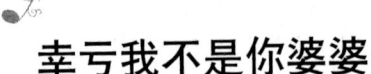

王大硕生了娃,热情洋溢地给我打电话问我曾经坐月子的感受。我明显知道她是实在闷得慌想找人说话,所以干脆换了个舒服的姿势倒下:"有什么憋屈尽情跟姐说吧,让我感受一下生活的美好。"王大硕说话频率跟玩游戏时"祖玛"嘴里吐的那些大球似的,咣当咣当,话题凌乱。后来我总结了一下,所有事件都跟她婆婆有关,新时代的儿媳妇要民主要自由的劲头被王大硕发挥到了极致。每句话,她都反问一遍:"要是你,你受得了吗?"我心话儿,幸亏我不是你婆婆。

事情是打不让家里出声音开始的。因为新生儿对声音非常敏感,一点儿声音都会让他看上去好像吓了一跳。对于这个问题,王大硕的态度是,尽量不要制造大的噪音,但是家里正常生活不能被影响,日常的声音需要孩子来适应。可是她婆婆却不这么认为,杯子撞击桌面的声音、锅碰了灶台的声音、碗掉进水池子的声音……这些动静在婆婆耳朵里跟炸雷似的,她非常生气,老太太觉得为了孙子难道你们就不能注意一点儿吗?弄得小两口整天在家跟俩鬼似的,到哪都像飘过去一样,那叫一无声无息。

偶尔有朋友串门,说话要很轻,婆婆没让大家传纸条就不错了。有一回,一个朋友去厕所用了抽水马桶,厕所传出来的声音惊醒了熟睡的孩子,大硕婆婆牙缝里发着喷喷喷的谴责声,跟消防员一样冲入事故现场。朋友走后,婆婆开始全面系统地教育儿媳妇该如何对待新生儿。

终于王大硕实在憋不住了,她说:"家里一丁点儿声音都没有,没准孩子以为咱们这是聋哑人之家呢。"

当女人生完孩子,女人就成了牲口。这么说,是因为溢奶是你根本无法控制的。直到今天想起这一出儿,我还觉得很惶恐。女性之所以伟大,也体现在这了,喂奶这事让你无所畏惧。想当年,孩子打肚子里出来不会吃奶,我这自动造奶机像两提上满子弹的机枪,顶上膛却打不出子儿。因为持续高烧,一位神秘的揉奶师来了,一楼道的人都在病房里围观那老太太的盖世武功。最后一招最绝,我跟个大奶牛似的,揉奶师拿一碗,一会儿就一大海碗。人潮如织,赶上早点摊儿了。人没自尊,但很自豪。

我问起王大硕,她更起劲儿了。她说她奶太多了,每天富余好几碗。她婆婆嫌浪费,咕咚一仰脖子喝了。后来大硕觉得都便宜老太太不甘心,于是把自己的鲜奶调成面膜妙手回春。

好牛出好奶。我记得我那时候上班一大书包胸罩和棉垫,谁也别跟我提孩子，一提就条件反射，机枪自动扫射，多厚的衣服全牺牲了。所以几乎是隔两小时就得去厕所换一次，要多尴尬有多尴尬。

王大硕的命运不比我好多少，她喂奶的时候七大姑八大姨都在旁边围观支招。有一回，孩子正进餐呢，另一边的机枪受刺激开始自动发射了。这时候大硕婆婆手疾眼快，用两根手指头特别从容地堵上枪眼，然后说："溢奶的时候就要及时堵住，堵一会儿奶就回去了。"王大硕这个别扭啊，躲也躲不开，被二指禅定在那儿。

王大硕不会做饭不会做家务这是结婚之前所有人都知道的事情，没有人有异议，她也心安理得地继续过自己四体不勤五谷不分的日子。孩子出生后，她慢慢也开始自觉地做一些家务，例如洗宝宝的衣服，做简单的饭菜，刷碗，收拾屋子……一开始，婆婆还抢着不让她做，后来，不会做饭不会照顾人就变成了她的短板。

婆媳是最完美的假想敌。彼此的每一个细小的动作都会引起敏感一方的不爽反应。我问过好多儿媳妇，大部分人的回答都是其实跟婆婆并没有太大的矛盾，但是就是不喜欢听婆婆所谓的指导和建议，不喜欢自己的老公和儿子被婆婆干涉。新时代，婆媳都在进化。

心想事成的力量

出版社特别喜欢出那些乍一看特别有道理，仔细一看什么问题都解决不了的书。那些书志在指导大家好好活着，同时有占卜未来的作用。我时不时会问一下出版社的人："最近又出什么批八字的书啦？"对方赶紧纠正："现在时髦了，都叫身心灵类图书。"我们的心灵被这些书指导得越来越复杂，越来越找不到北。

可是还真有一批热爱身心灵修炼的人，他们愿意用大量的时间观察自己，激发自己跟自然的联系，是特异功能爱好者。幸亏他们生活在新社会，搁以前估计就往迷信上归类了。动不动就使用意念。

我一度也用意念减肥来着，游泳吧，水太凉，跑步吧，呼哧带喘太累，打球吧，没伴儿，绝食吧，不忍心，所以，只有用意念这一条路了。我每天在脑子里很冷静地想，自己真瘦啊！身材真好啊！皮肤真光滑啊！这事美滋滋地发功了一个多月，最后没什么效果，后来问了问意念大师，他们说一个月太短，这事贵在坚持，必须经年累月地想，才能吸引来正能量。我心话儿，那样破罐破摔的劲头，经年累月之后我不定胖成嘛样了。

当我对意念这事都不怎么上心的时候，忽然各种励志的书籍视频扑面而来，身边的人开始对我进行新一轮的说教。

小石是个培训师。打年轻那会儿深受传销毒害，在买了好多没什么效果的化妆品后，耳濡目染练就了推心置腹的演讲能力。我倍儿喜欢听她说话，因为什么不着边的事，打她嘴里出来都能让你坚定不移地相信，人家东拉西扯引经据典特别有说服力。

前几天，她给我讲了"心想事成"的道理。小石说，人就是小宇宙，我们的念头和想法就是小宇宙向大宇宙发射出的信号，当你意志坚定地总想一件事的时候，这事就能发生。因为大宇宙无法分辨你是想要什么还是怕来什么，所以，必须只想好事。小石还举了个例子，是外国的，说有个人失业了，到处投简历也找不到工作，后来打算"心想事成"，每天穿得西服革履，按上班点儿出家门，逛游到下班点儿回来，而且晚上还要想想明天的工作计划，跟真在上班似的。半个月后，奇迹发生了，有个大公司给这个人发来了邀请，他得到了想要的薪水和工作。

我托着下巴说："这不就是做白日梦吗？中学时候我满墙贴着温兆伦王杰的招贴画，也没见过真人。"

小石说，这叫吸引力法则，当你把想得到的想得越仔细，收到的也会越快，得让老天知道你要什么。而且，成功学里专门有一个术语叫"目标视觉化"，比如你想住别墅，有名车，就得把别墅和名车的画贴自己眼前，一睁眼就能看见，告诉自己，这才是我要的生活。

我说："这不是妄想症吗？我认识一大爷，成天指着抽屉说里面有个存折，上面有好几个亿，儿女一到，他就张罗给孩子们分钱。其实抽屉里嘛也没有。"

小石当即阻止了我的念头，她说我这么想就不对，必须想好的，并且让我尝试着改变自己的生活。我觉得她说的也不是一点道理没有，边回家我边琢磨，走得有点渴，搓着口袋里的打折券，想去肯德基买杯雪顶咖啡。但一抬眼，看见星巴克了，我犹豫了一下，对大宇宙说："这才是我要的生活。"于是推门进去，咱不过七块五的日子，咱买杯喝的必须三十块钱起。

举着到外边，一口下去，跟喝了麦乳精味似的。为了坚定自己过有点文化的日子，我盯着杯子上的LOGO告诉自己："这才是我要的生活！"因为咖啡上边还挤了好多奶油，那个腻啊，还糊在杯子顶上，要都扔了觉得怪可惜的，于是，我站在大马路上，拿吸管儿挑着往嘴里扒拉。本来还想把杯子拿回家励志用，但后来黏糊糊地弄我一手，在我见到下一个垃圾箱的时候毫不犹豫就给扔进去了。

转天，小石一大早电话我，说在肯德基。我奔过去向她汇报我首次"心想事成"的感受。点了杯咖啡，人家服务员说，可以再给我个汉堡，不要钱，因为是早餐时间。我立刻特别高兴。见到小石的时候她盘子上也堆着一堆白给的东西。

小石继续冥顽不化地向我推广她的成功学。她说："咱俩哪天去趟海信广场，认认那些牌子去，那是咱要过的生活。"我说："那咱买吗？要是需要践行，我就不去了。"小石说，不买，就是看看，然后想想这些衣服是咱的。

我觉得我都要晕倒了。那还去海信干嘛，直接去银行得了，看着金库想，这些都是我的，全归我一个人花。

对于这样的成功学，我用了一上午时间进行批判。耗到中午了，我们在那儿把白给的汉堡吃了，六块钱又吃又喝，满好，这才是我要的生活。

我擦着嘴问小石，你还要用冥想改变生活吗？咱不是巫师，哈利·波特都没这法力。想得到，我们必须付出努力，这才是最质朴的成功学。

人就不能意气用事

人就不能意气用事。可是脑子一热的时候常常想的是有求必应,对于这一点,赵文雯已经无数次恨铁不成钢地随手拔我们家的花花草草,然后把矿泉水瓶子塞我手里,让我上楼道里普度众生去。

可是,当有多年不见的旧友突然有事相求怎么好意思说"不"呢,况且回回添油加醋都把我出面或不出面的结局描述得很壮观。比如有个刚跳槽到广告公司的同学冒出来说:"我们一客户特别喜欢你写的东西,老总想请你去他们那参观一下。你受累去一趟,我这月广告定额就有着落了。"我咒自己正在感冒,过了几天电话又打来了,问题严重到我不去她这月工资就泡汤的地步。我问:"那是什么公司啊?"她说:"房地产。"我接着问:"那房子便宜吗?"她说:"看跟哪比,反正比存骨灰贵多了。"真幽默,贞子都快打电视里爬出来了,有这么对比的吗。我特别多余地又问了一句:"多少钱一平米啊!"她说:"你先去看看,如果有需要你直接跟老总提啊。"我更得寸进尺地没话找话:"有一楼带小院的吗?"她说:"全是一楼带小院。"我直嘀咕,这开发的嘛楼盘啊。我那同学声音淡定:"他开发的是墓地。"

此时,我能骂大街吗?一个干陵园的邀请我去参观嘛呢?那同学见我急眼,急忙说搁以前皇帝也就这规格,挑选风水宝地。况且墓地增值速度更快,因为人买不起房可以租房住,但死了不能先埋别人家,必须死得其所。理财课明显对我不起作用,我说:"那老总盖一大片一楼带小院的房产,成天盼着人死,这内心得多强大啊!"鉴于我实在没有参观墓地的雅兴,断然拒绝了。没几天,同学又来电话,说那老总一定要请我吃饭。我说:"你一个月工资多少,这个月的我管了。"这事实在是越想越瘆得慌,我都怀疑是不是鬼打墙了。

此事过去数月后这位同学再次附体一样冒出来了,说她们公司承揽了一个婚博会,所有跟婚庆有关的名车、钻戒、婚纱等国际名品都会参展。我问这跟我有啥关系,她说领导要求必须有签售环节,显得有文化,同学里只有两个人出过书,所以就算作家出席,这事就圆满了。我当时就想,以前我学习那么次,怎么就不能留级呢,非跟她当同学!

被忽悠去的情感作家在我前一天签售,她是这么描述当时场面的:签售居然是在一个高出地面很多的T型台上,钻过粉红气球的拱门,在舞台正中有个破课桌。她抱着自己打家苦呵呵扛去的五十本书,尴尬地坐下了,若干拎大兜子捡广告要小礼品的老头老太太围着舞台转,终于有个大爷猫着腰上台了,情感作家急忙站起身,大爷说:"你是那谁谁吗?"情感作家备受鼓舞地说:"您看过我的作品?"大爷说:"我看你脸盘子像!"这时,有小丑在后面吹起了大泡泡,情感作家实在无聊跟小丑瞎搭搁:"你真能吹。"小丑说:"我这套设备五百多呢!"就点儿肥皂水,简直太能吹了。为了打破尴尬,我那同学带领手下买了几本书上来找情感作家签字、拍照,造成盛况空前火爆的假象。临了儿,情感作家抱着自己的一堆书打T台上往下跳,书哗啦一下全撒了,立刻不知道打哪来围上来一堆人抢着问:"是免费发书吗?"

因为有她的事迹打底儿,我就抱着文化下乡的心态去了。婚博会很隆重,一进去就有一拨又一拨人把我往怀里拉,让我去照婚纱照,还有让我了解钻戒,以及装修婚房的打折情况的。

我到台子那一看,节目单竖在那,我前面是小丑表演,后面是激情肚皮舞,太扯了这活动。快到我上场的时候,我打人堆后面偷偷观望了一下,台下围着那些人啊!我还感动了一下。再走近一看,好么,是打架的,里面还有穿警服的。我给我那同学打了个电话,她说:"我同事被人打成重伤了,在交涉,现在充电机也没电了,签售不了了。"我高兴得都快跳起来了。

生活里,学会对半生不熟的人说"不"需要勇气,但该说的时候必须说,不能意气用事。

感情是盆娇气的花

我从来不把自己标榜为情感专家,因为我总觉得感情就跟花开花谢似的,在都合适的时候一定会灿烂绽放,自然而然,当然,也有满枝花骨朵,你越养越掉,最后愣没一朵开的。感情简直就是一盆娇气的花,你根本就不能拿对待"死不了"的态度对待它。但这个道理不是谁都懂,以为什么花是全给水就能活呢。

当张牡丹一脚踏进我们家大门,跟刚在外面抛头颅洒热血回来似的,倒不是衣衫褴褛,是表情涣散。我说:"你被人抛弃了?"她瞪着眼睛突然高声问:"你怎么知道的?"吓了我一跳,我随口一说怎么就那么灵呢!张牡丹一边翻包一边说:"我刚离婚,证儿还没给第二个人看过。"我急忙倒了两杯白水:"证儿我不验了。先恭喜你,获得了人生最可贵的礼物——自由。别生气啊,千万不能自己喝毒药而指望别人痛苦。"对面那女的气得都快背过气去了。

张牡丹成天穿得倍儿中国,打上学那会儿大家就以为她是少数民族的，身上布条全红红绿绿，我经常拿钢笔趁她不注意在后背题个款儿，这么多年过去，她还一如既往中国风，千层底儿偏带儿花布鞋，大肥裤裆，走起路来还探头探脑外八字儿，整个就是一皮影戏。

张牡丹是白富美，家底儿丰厚，如果打牌的话，人家手里攥的全是主牌。所以，张牡丹从来都认为感情就是盆好养的花，只要搬家里，它就能可劲儿地开，跟公孔雀一样。所以，我一直都觉得她是个善良的人，特别善良，连谈恋爱这么斗智斗勇的事她都不愿意走脑子。

一个穿衣打扮那么有恒心的人，在感情上却习惯于百家争鸣，她的几任男友有的矮胖，有的瘦高，有的留八十年代大分头，有的谢顶，有的近视，有的小眯眯眼儿，我都不想回顾了。而谁都不知道，她在宿舍墙上贴了四年的郭富城大头照。这个喜欢天王的女人，现实与理想的距离是那么遥远，实在是天上一脚地上一脚。张牡丹还有一个美德，是她特别愿意付出。搁我们这样的，被伤害一次以后，一定是咬牙切齿地十年生死两茫茫，她不是，她慈悲，同样咬着牙，还是默默付出，最后弄一群歪瓜裂枣的男的总围绕在她身边，张手找她要钱。

我经常问她，是不是要一种母仪天下的感觉，她说："不是，有时候，我们做错事，是因为该用脑子的时候却动用了感情。"她感情太丰富了，所以脑子总是能闲着。

后来张牡丹结婚找的人看着还比较顺眼，她善良的品性又大爆发了，无边无际地付出，我觉得当她老公简直太幸福了，结婚跟买了月月盈利的理财产品似的。但凡是个节，就买礼物，实在没节了，她还能编出点儿什么结婚第一百八十八天、一起生活第十一个月等等理由。别以为她只花钱，人家还进厨房，做的菜没挑儿，跟书上印的大照片一样。她心思细腻，柔情似水，注重生活品质。这些都是值得一个男人不离不弃的理由，怎么还能离婚呢？

后来，我还真在一个饭馆偶遇了她老公。我一下把那个男人抓过来："你们俩真的假的啊！"她老公点了点头。"你有小三了？"我问。她老公说："嗯，我爱上别人了。"怎么人就这么诚实呢？

后来她老公跟我说，她把他照顾得都快废了，他觉得她对他的爱就是对宠物的爱，可他不是宠物。张牡丹的付出不是不求回报的，她需要人肯定她，感激她。她对你的好，你必须百般感恩地接受，如果你觉得你并不需要，稍有怠慢，她会发脾气。你哄完她，等她发完脾气，依然要摇着尾巴感激她对你的付出和关照。人人都有自尊心，忍到翅膀硬了，谁不飞啊。

命运的列车往后开了一段儿，后来有个女孩的车坏了，给他打电话，求他帮着换了车胎。当他看见女孩仰慕和依赖自己的目光，他忽然觉得这才是对等的生活。这个女孩刚出校园，比他小十来岁，他过生日的时候她给他送了用粉色彩纸叠的纸飞机，而那一天，张牡丹送他的是一套高尔夫球杆。他说："你说她成天买那么贵的东西干嘛，浪费。"张牡丹不会知道那么贵的高尔夫球杆居然输给了一张A4打印纸。

婚姻很玄妙。经过多年的观察，成天向全天下展示自己如何幸福的俩人也许进了家门一句话都不说,我甚至一度都不相信自己的眼睛了,因为经常看着好端端的婚姻楷模说分手就分手,一点儿都不拖泥带水,反而是那些总拉响警报,当着一群人也能吵得脸红脖子粗的两口子,尽管大半夜也扬言要离家出走的人,却能磕磕绊绊地把婚姻维持下去。真用得上毕淑敏那句话了:婚姻就是脚上的鞋,合适不合适,只有脚知道。所以我们看见了满眼都是漂亮的鞋,到底脚丫子在里面怎么受罪,憋屈不憋屈,有没有脚气,磨没磨出鸡眼等等,没人知道。

张牡丹说,爱情就像手机,开始满格儿电,没打多长时间,你就发现快没电了,可有时候你却找不到充电器。可她不知道,手机不需要照顾,充电即可,而感情是盆娇气的花,一定要精心照料啊。

不能因为火化便宜就去找死

话说我至今也没有支付宝什么的,主要是要断了自己在网上瞎买的意识。我也很少跟那些喜欢网购的人往一块儿凑合,因为我只凑合了一次,就买了十来条五颜六色的围巾,主要是她们都说便宜,而且多买可以免邮费。我还买过一回鞋,为了达到免邮费的份额,愣大小号的鞋同一款式买了三双。这些东西,一打买回来就成了身外之物,扔哪都忘了。你要问我当初为什么要买,不为东西,就图便宜来着。

当我发下毒誓除了书,坚决不在网上买任何一样东西之后,保持得还真不错。这就跟吸毒似的,只要你能远离网购人群的大气场,花钱的瘾一准儿能给戒了。可是有一天,兽医开始没完没了地在QQ里跟我说几大电商较劲了,比着降价呢,缺什么赶紧借着这股春风进点货。我觉得我现阶段除了缺钱,也不缺别的了。

我很怀疑兽医以前干过传销。因为他每天都在不紧不慢地向你重复一个概念:"快买,便宜啊!"而且他还把某个产品的价格在多家做对比,来印证他的话的正确性。说一次你不在意,说一星期,你就有了印象。我发现我开始有意识地打开各个电商的页面,每天花很多时间东游西逛,尤其看见那些大红的"抢"字格外得点开看看到底又便宜了多少。

观察了几日,发现有些东西一天一个价,今天降五百明天降一千,很快就白给了。以前买书,只去"当当"和"卓越",要没电商较劲这事,我都没上过"京东"的页面,更不知道苏宁还有个网店叫"易购"。因为这俩比着谁比谁更贱,所以我光在这两家店里消磨时光了。

一个从来没在网上花过超五千的人,对于兽医推荐的毛两万的大件儿还是有点含糊。我想,还是拿买书这事试试水吧,花个成百上千的,起码落手里的是知识。

我被电商的豪迈打动了,一开页面满屏幕的大红字,那叫一喜庆。"买200返200券",甚至一个劲儿地在向你灌输0元购物的概念,买多少返多少,太真诚了。我立刻打电话给一姐妹,让她赶紧去网上抢书,她很淡定,让我先买,然后把返券给她替我花。为了多给她谋点福利,本可以买二百块钱打住的,硬往四百元那凑,而且就跟不花自己的钱似的,为了凑个整,光盯着贵的看。为了挑书,凌晨才睡。很多书不是我看,我的需求没那么大,买的时候就想着,这书送谁,那本适合谁看,就跟给图书馆订货似的。

别说,人家发货还真及时。怕你反悔不给钱那么麻利,天一亮就把一大包书给送来了。消停了一会儿,给自己沏了壶好茶,拿剪子开始划塑料袋,因为怕剪着返券,所以很小心。可是,等我把书一本一本拿出来,甚至挨本迅速抖落了一遍,愣是返券的影子都没有。我立刻就有点懊恼,我是为了买书吗?不是!我是为了那些答应给别人的返券。书给对没给对数都没顾上看,立刻向电商问责,人家说:"您仔细看细则了吗?您买东西的时间对吗?"经她这么一提醒,我赶紧再上网,那"买200返200券"还"入刺回晃"呢。挨本分析了我买的那些书,只有三本参加这个活动,那三本单价一共没到一百块钱,看来,没有返券是合理的。

正在我为给不了别人购书券懊恼的时候,有人在微博上回复说她拿到返券了,但花掉返券也是有条件的,再次消费二百才允许花五十,一次只能用一张。也就是说,想花完四百块钱赠券,必须消费一千六。我忽然特别想感谢这电商,幸亏没给我券,我要把那东西送人,得把别人坑死。后来才知,很多看着倍儿便宜的大件,也是只有图,没有货。返券,简直是个贱人。

通过这件事,我深刻认识到:你不能因为流产便宜就去怀孕,不能因为火化便宜就去找死,更不能因为电商说东西便宜就失去理性消费。

身怀绝技的女记者

以前看武侠小说,最喜欢剑拔弩张的时刻一个很不起眼儿的人突然把所有人都给震了,一招一式咄咄逼人,都打趴下之后,自己绝尘江湖,只让传奇流传于世。但我从来想不到,自己身边就有这样的侠客。

某年的饭局,因为彼此都不熟悉,所以男男女女异常矜持礼貌,就是酒喝个没完。夜来香是豪爽女子,不但写一手好文章,喝酒还能跟喝水一样,真让我大开眼界。一桌子都是新闻界的前辈和老江湖,人家让你喝你又不能推脱。夜来香看我已经面红耳赤,一把搂过我脖子,小声说:"我迅速灌他们,你别真喝,碰完杯直接往后泼,没人看得出来。"出于对夜来香的仰慕,我言听计从,往后看了一眼没人,直接就照方抓药了。别说,满桌的人似乎注意力都在碰杯和倒酒的形式上,三杯以后我往后抖手腕子的技术已经非常娴熟,管它茅台还是五粮液直接都敬天地。

没一会儿,有人用手指头捅我肩膀,那频率非常不怀好意。我扭头一看,邻桌一男的盯着我说:"你出来一下。"我们站在两张桌子的通道上,他揪着自己的灰衬衣:"我以为你泼一杯就完了,没想到你一杯接一杯,你看看我这衣服!"我定睛一看确实是湿了一大片,我心里这个不好意思,赶紧从我们桌子上抱了一大盒餐巾纸,抓一把就往那男的身上擦。这时候,夜来香站起来,以为我碰见了老熟人,上前就把自己胳膊搭人家肩膀上了:"哎呀,都是熟人啊,碰见就是缘分,来我们这喝一杯吧。"她还要灌别人,自己都醉了。

虽然我很清醒,但因为脸红脖子粗的状态非常唬人,在我一个劲儿的道歉下,对方那桌过来几个人把那男的按回座位里了。本以为事情到了此处就该打住了,可没想到良久之后我从厕所出来,又看见灰衬衣在前台跟服务员争执。因为心里有愧,就站那听了听,原来那桌想逃单被服务员发现,其他人都走光了,只能拉住灰衬衣不放。也许因为喝了点酒,忽然觉得这时候得挺身而出,一扫听那桌饭的钱,帮别人买单的念头立刻打消,顺便说了句:"好歹得给点儿吧?"灰衬衣估计也喝了不少,本来靠着柜台,突然就急眼了,骂骂咧咧踹了我一脚,幸亏我身手矫健迅速跳开,但裙子上留了半拉鞋印儿。

我根本没有对付耍酒疯的经验,呼哧带喘地迅速跑到自己座位上。夜来香居然已经放倒了大批人,还在那沾沾自喜。她随口问我干嘛去了,我抖着鞋印说了刚才的事,本来是想显摆一下自己的侥幸,哪承想挑起了事端。夜来香仗着酒劲噌一下就起来了,我死拽活拽

或许，当你下次想起我的时候，我们早已经失去了联络。我知道，在成长的过程中，我们并不是在失去朋友，而是在渐渐明白谁才是我们真正的朋友。

当前后左右都没有路时,命运一定是鼓励你向上飞了。宝贝儿,记住一句话:"在还没有人疼你的时候,你必须活得像个爷们。"

都拉不住，她到了前台直接一掌拍在台面上，大喝一声："今天的账你必须结了再走！"气势跟这酒店是她的买卖似的，让老板都很傻眼，没见过这么仗义的食客。

我一再央求夜来香别闹事了，一米六四的个头儿怎么还打架啊！都是喝了酒的人，身高一米八几的灰衬衣能服吗？俩人认为过话都是多余，直接上手。只见灰衬衣粗胳膊一抬，一个耳光就奔夜来香去了，我本来要挺身而出誓死为自己姐们儿挡一下，夜来香速度更快，飞起一腿先灰衬衣一步直踢他的面门。我都没看明白怎么回事，灰衬衣已经痛苦地捂着脸蹲地上了，等他再站起来满嘴是血，还往地上啐了俩门牙。这酒店立刻有点龙门客栈的意思。

我们桌意识清醒的人以为我们会受欺负，局面一开始就报了警。我们毫无意外地都被拉到了派出所录口供。警察问灰衬衣谁打的，灰衬衣指夜来香。警察问："她那么矮怎么打的你？"灰衬衣说站着拿脚踢的。警察说："她一米六，你一米八。现在你站着，拿脚踢一下她。"灰衬衣试了试，够不着。警察说："你自己撞的吧？自己喝多了就别闹事，赶紧治病去。"然后又教育了一下我们，这事就算了结。

重获自由的心情立刻让我们的酒全醒了，夜来香突然特别愧疚。我试探地问："你会武功？"她摇摇头说："做记者前，我是职业杂技团演员。无论空翻还是高抬腿全是基本功。"

身怀绝技的女记者

越二的人越单纯

人生如戏，角色需要的时候你总是要换上行头装扮另一个自己，时间长了，习惯成了硬壳束缚在身上很难褪掉。但跟好朋友在一起的时候，就像把鸡蛋扔进了醋里，那层厚皮开始溶解。有的时候你会发现，那壳里藏着很多很多的"意外"。

每个人身边都有几个特别二的朋友，很多时候想起他们就能笑出声，这些人尽管越年长越正经，但再相逢，还是能现了原形。

夜来香是我拜把子的好姐妹，之所以跟她永结金兰之好，是因为年轻那会儿独自在青岛采访，完事已经凌晨了，为了壮胆儿，和夜来香一起合打出租回住的地方。夜来香当年五冬六夏地总给自己喷花露水，所以得了这么一个诨名。青岛大概因为是环岛路，所以司机走的路跟我印象里的路大不相同，加上已到凌晨，越陌生越心里嘀咕，而且问司机话，他根本不好好回答，基本上你问五句他哼哼一声。

我和夜来香面面相觑,她说咱下吧,走在马路上比在车里安全。我叫司机停车,那大哥很不耐烦告诉我们就快到了。然后不再说话,还听起了京戏。我们对他的信任感已经土崩瓦解,我问夜来香:"怎么办?"她咬了一下嘴唇,很淡定地说:"你跟我学,我做什么,你做什么。"

我脖子都没扭回来,就看见她往座位中间挪了挪屁股,然后头稍微低下,把两边长头发疯狂地往脸上划拉,确实看不见脸了,然后她倒吸着气开始学鬼冷笑。白裙子白胳膊满脸头发,贞子显灵啊!我当年还是短发,情急之中一把将自己的眼镜摘下,也把两侧头发使劲往脸上扒拉,然后低下头,学她发出一阵一阵的冷笑。我笑了两声,就觉得太神经了,打算真乐,但夜来香适时地把她高跟儿狠狠地踩在我的脚面上。我啊的一声尖叫。半夜有京剧的音效衬着,动静更不一般了。我刚想说话,突然意识到我是鬼,这时候,夜来香大概也怕我坚持不住,在我大腿上抓了一把。这一把,跟按钮一样管用,我继续跟她一起满头乱发地耸着肩膀冷笑。俩女的,大半夜,耷拉着俩胳膊,满脸头发面目不清,没完没了地吸着气笑,搁谁都得吓死。没半分钟,司机一刹车,哆里哆嗦地说:"你们下去吧,我不拉了,不要你们钱了。"

我们欢快地跳下车,松了口气。那车几乎起步就是六挡,绝尘而去。我看了一眼手机,凌晨两点十分,我们站在街边拉着彼此的胳膊狂笑,互相赞美"你刚才真像鬼!"笑够了对着天上明月拜了把子。

再见夜来香已经是十一年之后了。一般老朋友见面都握手拥抱，我们俩不是，打老远一见，必须先把头发都铺散在脸上，提着气一路冷笑着跑到近前，然后言不由衷地说："哎呀，你都不像鬼了！"在这我们没有见面的十几年里，夜来香离婚又再婚了。她变得富态了，还牵着一只泰迪犬。我说："你怎么脱胎成一贵妇人了？"夜来香特别谨慎地拉着狗链子："我老公的女儿就托付我一件事，让我看好她的狗。我出事，它都不能出事，这是我的婚姻保障，懂吗？"作为女人，我倍儿理解。

为了让狗和夜来香能在我所在的城市玩得放松，我把她们拉到郊区的农家乐，院子很大，中间是个养鱼池，三三两两的人在烧烤聊天。夜来香的花裙子特别好看，凹凸有致，该露的地方露，该遮的地方遮着，得体又大方，还戴着顶插着大粉芍药的白色草帽，远看跟英国女王似的。铺好防潮垫，我们往草地上一坐，狗倍儿不情愿地守着我们俩的脚蹲着。我说："这么安全，你把狗松开，让它自己玩会儿吧。"夜来香一脸后妈的慈祥模样，把狗拉过来松了绳子。哪承想，这小家伙跟疯了似的就蹿出去了，绕着养鱼池疯跑了两圈，叫也叫不住。我和夜来香在草地上蹦着喊，所有人都看我们。

忽然，泰迪狗一个跨越式在空中画了条弧线，直接就奔池子中央去了。我都惊了，身手矫健地跳起来，跟成天练这个似的。夜来香喊着："哎呀，它不能死！"都没助跑，也跳下去了，我一把没拉住。好在水不深，夜来香上半身多半露在上面，她一边喊着狗的小名一边往养鱼池中间走，那小狗也往她那游，弄得跟要拍电视剧似的。烧烤的、钓鱼的、喝酒的、吃饭的,都定睛看着池子里的一幕,这叫丢人现眼啊。

我一把将夜来香拉上岸:"你疯了你,跳什么啊,你不会游泳,万一水是深的,你不就淹死了吗!"夜来香拿起别人递过来的毛巾,根本不顾自己,先给狗擦,一边擦一边说:"这狗要死了,我也活不成啊!"我气急败坏:"狗会游泳你不会!"她问:"你怎么知道狗会游泳?"我说:"狗要不会游泳'狗刨'怎么来的,那就是形容它的。你给我记住了,不但狗会游泳,猪也会,以后看见猪掉河里,你别跳啊!"夜来香瞪着眼问:"你知道它会游泳,你不拉住我?"我往她身上又扔了条毛巾:"废话。你跳得比狗还快,我拉得住吗?"

一个穿漂亮裙子戴粉芍药花白草帽的女人和一只落水狗,并排坐在农家乐的台阶上晒太阳。看着她们我就想,得好好珍惜身边那些很二的朋友,因为越二的人越单纯,越没有心计。

暴雨过后的水上乐园

也许因为暴雨先光顾了北京,让其他城市的人多少有了些心理准备,各级职能部门也都严阵以待,所以当暴雨下到天津的时候,人们的内心一点儿不意外,甚至还有些轻敌。开车出门的人都做好了随时砸窗户逃生的准备,车里没有不带利器的。家家户户都把充气玩具,戏水用的救生圈翻腾出来了,备着。

那天,我一出地铁,雨下得跟瀑布似的,因为从家里带了些马奶子葡萄给同事们吃,一身湿漉漉地进办公室就有人问:"你这泼猴,是打花果山下来的吗?"这时候各界人士开始在网上直播天津的大雨,添油加醋说得我们仿佛处于海啸中心,外地朋友纷纷打电话关心我们的死活,有个人问天津的暴雨大吗,我同事说:"反正我内裤湿了。"

作为普通青年,我们都是蹚着水上班的,但某些有洁癖的同事认为水太脏,所以坚决不湿身,好在家离得近,一爷们愣坐在自己孩子的大红塑料澡盆里，双手划着俩糖果色的塑料土簸箕上班来了。一路骂骂咧咧，说因为自己太轻，来辆大车，盆就被浪冲得老远，还得费半天劲再划到原路上。

我始终觉得我同事已经够一景了，可后来看微博上大家拍的照片，还有开公园里白天鹅形状脚踏船出来的，也有趴在孩子戏水用的绿色充气大海龟上，拿手当桨划呀划呀，半天不动地方的，更有站门板上撑着竹竿出来的，最妙的是居然有开摩托艇的。这些人都让路边的围观群众充满羡慕神情，尤其孩子们，这哪是逃生啊，这就是出来玩儿了。

有人第一时间改编了《最炫民族风》天津暴雨版：苍茫的海河是我的爱，远远的14路路经水花开，806的公交是最呀最摇摆，六纬路的积水才是最开怀。悠悠的雨水从天上来，流向那天津卫里一片海，哗啦啦的大雨超过我们的期待，人在车中车在水中最自在……一办公室的人唱得豪情万丈。

在所有立交桥下都有专人值守，怕有人开车捂在水里。不知道为什么已经有了北京的前车之鉴，还会有人冲着桥下的积水开进去。有一开红车的闺女，被人捞出来之后说已经踩了刹车了，但根本没用，车自己就滑到深水里去了，她惊魂未定，旁边一男人自言自语地说："开自动挡的女人一旦遇见危机时刻准蒙，自己都分不清油门和刹车，我亲眼看着她是给着油下去的。"

由于全民做好了迎接暴雨的准备，所以在众人从容应对的同时，雨逐渐停了。人几乎是跟着太阳出来的，到处都是戏水的群众。河里的鱼被冲到大街上,当积水逐渐退去,满大街都是端着盆捞鱼的市民。这让我立刻想起了那段著名的相声:"二儿他妈妈,快拿大木盆来!可赶上这拨儿了!"都没时间烙大糖饼了。

晚上看见一条微博对雨中即景做了总结(最好用天津快板配合着念):天津下大雨,阵势很强大。刚修马路变大河,小河变开洼。一到桑(上)班点,脱鞋就出发。走着走着就发现,水已经到大胯啦。忽听有人喊,二儿他妈妈,回家去拿大木盆,这有活鱼啊!百姓帮百姓,武警帮大妈。危险路段有警察,也不贴条啦。如果明天还有雨,咱还能出花样,天津就这么哏,天津就这么要,对嘛泥(你)了!

北京的一场暴雨让人们充满悲情,天津的一场暴雨却有了点儿喜剧的意思。

洒一路肾上腺素

人们越来越爱惜自己了，遍地都是养生会所。因为每次都从一个门脸儿前经过，所以发传单的姑娘看我眼熟，非拉我进去体验。端茶倒水耳边是催眠般的音乐和让人想上厕所的高山流水，然后交流是在床上进行的，我躺着，安逸地享受她的泰式按摩。姑娘下手越来越重，每次却试探着问"力度怎么样"，我说你轻点儿，我骨头没折但肉疼。屋子很封闭，只有门，没有窗户，这种封闭的环境非常适合东拉西扯。那姑娘点着我的黑眼圈儿问我平时几点睡觉，我说一两点吧。她高兴地说："哎呀，我也是。你不睡觉干嘛呢？"我估计她一天都没拉进来一个陪她说话的。我说我看书，为了禁止她问我看什么书等一系列延伸问题，我开始了反问"你不睡觉都干嘛？"姑娘大概等的就是我这句，养生理念由此滔滔不绝。

姑娘说，她无论多晚，睡前必须看一部恐怖片，如果不看，就觉得这一天没有结束，睡觉也会睡不踏实。话说，我年幼无知的时候也是恐怖片爱好者，但每每看完，厕所里的水龙头、马桶里的漩涡、镜子、门把手等等都让我毛骨悚然，别说睡觉，半夜谁家炖肉我闻着那味儿都怀疑是人在锅里。但这个姑娘说，看恐怖片或恐怖小说时，由于受到它们所营造的恐怖环境的影响，人很容易处于一种高度紧张的状态，此时，人体内肾上腺素的分泌会增加，随之而来可能出现一系列的生理反应，比如心跳加快、出汗、全身哆嗦等。肾上腺素能让人调动起体内所有的潜能来应对某一高度紧张状态，恐怖片是一种比较强烈的刺激，能够快速地把人的情绪从当下的焦虑状态转移到它所制造的氛围中去，这叫生物反馈治疗，恐怖过后，它能通过放松人体从上到下的每一块肌肉来达到放松情绪的作用，原理和做瑜伽没啥差别。

她推荐我看一部泰国恐怖片，打悠长的走廊讲起，还把屋里的射灯都关了，只留一盏夜灯，这氛围营造的。我说我早年间写过恐怖小说，任何心理暗示都刺激不了我的肾上腺素。我特别好奇，问她难道看恐怖片就为了养生？她很肯定地说很多年前，在网上看了一个帖子，说人体有很多穴道，但有极个别的穴道自己是打不开的，看恐怖片调动了心灵和情绪，一害怕，那个穴道就给打通了，由此达到身心健康的目的。

听说过练气功打通经络的，没听说受惊吓能治病的，可这姑娘讲得特别真挚，可见深信不疑。我几乎用了将近一个小时的时间给她做心理疏导，但收效甚微。这样的养生方式实在匪夷所思。

每年电影院都会上映几部恐怖片，除了人鬼拉拉扯扯你侬我侬，就是黑咕隆咚封闭环境里突然在耳边炸响的音效，要不然就是莫名其妙打来的电话和电视屏幕上的雪花人影。可人们还是觉得不刺激，看恐怖片的承受力越来越强，劲儿不大都不行。可是，我们面对现实，却越来越胆怯。

其实人生就是恐怖片、悬疑剧，我们的肾上腺素洒了一路。拿跟电影练胆儿较劲的精神对抗生活，才需要最大的勇气，因为生活这部大戏上映的时间实在有点儿长，你得靠内心的意志打通心灵任督二脉。再恐怖的戏终有散场的时候，不管你经历多少痛苦的事情，到最后都会渐渐遗忘。因为，没有什么能敌得过时光。很多疼痛，回头看，不过是虚惊一场。只是，人生已经走出了很远，很远。

最爷们的是自己

很多人把"剩女是怎么剩下的"都当成了研究课题，尤其那些终于结了婚的有把年纪的大姐，特别愿意分析剩女的病因。以前女孩到二十六七还不结婚父母就要动用各种关系给孩子找对象了，那会儿姑娘二八还待嫁闺中可是火烧眉毛的事。但现在，你放眼一看，到不惑还单着的大有人在，加上姑娘们都懂得保养，眼神儿不济的，人家不到六十，你还真看不出老。

我有一女友，谈恋爱谈了大半生，每次感情总是无疾而终，她倒从来不灰心永远再接再厉，但也止步于此。以前都说女人是学校，我看现在男人都当校长了，培养出一茬接一茬的女强人。当年我们还混居在一个宿舍的时候，她长发飘飘，约会完总是半夜一两点才回来，经常跟个女鬼似的在屋里晃两下，倒在床上。我那会儿总担心，生怕哪天一掀她的蚊帐，里面卧着条白蛇。

有一天我半夜上厕所，发现都三点了白蛇还没回窝，正迷迷糊糊地打算接着睡觉,这闺女轻手轻脚地回来了。穿一身儿白,进屋就叹气,我大喝一声:"开灯!"把她吓了一跳。"你每天半夜这点儿,是去送路了,还是劫财去了?"白蛇没说话,抓了抓头发,忽然掉上眼泪了,我的困劲儿还没过去呢,怒气直冲云霄:"你流出来的眼泪,是你脑子里进的水吗?"后来白蛇说,她跟男朋友在路上为点小事吵架,那男的把她扔马路上自己回家了。半夜三更,白蛇自己愣是走了五里地回来了。我把应该自责的那点情绪全用在咒骂她男友上了,直到她破涕为笑爬进了蚊帐。白蛇傻了吧唧地以为那男的天亮就会惦记她的安全,但都转天晚上了,对方连个电话都没打。白蛇又用了不知道怎样的借口找人家,俩人才能再次在砂锅摊儿上共度良宵。因为年轻,爱,是没有什么理由的情绪。可是,最终白蛇还是没能留住这份感情。但她却记住了教训,不再深情。

　　白蛇发奋图强,一女的,有自己的公司,有自己的投资,有房有车。坐在她宽大的办公室里,她说:"我觉得,我不用结婚了。"我低着头,我本来想说"感情"俩字的,后来觉得感情在物质面前太轻浮了。很多人没打算以挣钱的目的结婚,奔感情去的,可是离婚的时候却倾家荡产,感情在不知不觉中早就不知去向。白蛇一直也不缺男友,各式各样的,有的替她当过快递,跑来跑去送过文件,有的帮她盯着装修房子,但成年人的恋爱都很冷静,付出与得到拿捏得恰到好处,所以成全一个婚姻却很难,大家似乎都怕"被洗牌"的混乱代价。加上白蛇在物质上没有太多的野心,独立自主的生活已经游刃有余，赶上下水道堵了灯管憋了找物业就行，如果没有真挚感情，婚姻还真不是必需。

有次跟白蛇共赴一个饭局，我旁边一个刚大学毕业的女孩说："现在的男生，比女生瘦，比女生白，比女生好看，还特别爱跟我们女生抢男生。想正经谈恋爱，不容易啊！"我嘴里的肉丸子一口给咽进去了，忘了嚼，差点噎着。现实真是越来越复杂了，如此看来，还是女人刚烈，宁愿剩女，也决不将就。

不知道是不是喝多了，白蛇忽然在饭桌上问我："你说为什么要结婚？"我说："这是自然规律。就像人到了一定年龄要换牙，自然而然乳牙掉了，新牙长出来了。但你不关照好自己的牙齿，会有龋齿，会得牙周炎，牙会掉，你还要拔牙做假牙等等。"白蛇表示不认同，冲我龇着牙，用不锈钢勺打门牙开始挨个敲了一遍，拿牙当编钟。然后说："我其实牙不错，但还是做了烤瓷牙。"我心话儿，你是钱烧的！她又问了一遍："你说为什么要结婚？"我有点烦，因为麻酱拌茄泥刚打我眼前转过去，我好多年没吃这口儿了。我一边把菜往自己怀里带，一边说："下雨的时候你为什么要打伞？马路上的人都打伞，你不打就太奇怪了，当然，你淋得透心凉是你愿意。"

其实我知道白蛇是想问，为什么遇不见真爱。记得曾经在网上看过一段话：你仔细看看身边的人和事，你会惊觉，混得好的男人，基本都是讲义气，有担当，轻得失，买单王；而混得好的女人，基本都是甜嗲哄，会算计，懂钻营。你找不到对象是因为你一直用男人的标准来要求自己。姑娘的外表,爷们的心。

剩女的现实是,每个女人都在寻找一个爷们,最后发现,最爷们的原来是自己。

吃下脚料的日子

自从买了烤箱,我的外形就跟气儿吹的一样,一圈儿一圈儿起来了。有天一进办公室,一位名叫"猴子"的男同事在那一惊一乍地喊:"哎呀,你从哪个方向看,都像个孕妇。你坐车的时候有人给你让座吗?"我有那么胖吗?我第一次对自己产生了怀疑,到厕所一照镜子,捏了捏一低头就能挤出来的双下巴,下决心减肥。再进办公室,好心眼儿的女同事已经开始给我介绍各种减肥偏方,说有种电针特别管用,为了全面减,得浑身上下都扎上,从脸到脚丫子,看着比刺猬刺儿还多呢。不仅这样,还得通电,那些针要在肉上哆嗦一个来小时,我觉得这一个月下来身上最后估计只剩搅馅儿了。还有一个介绍减肥药的,说一个月能减个三四十斤,跟玩儿似的,但要每天跟大夫联系,指导每次的药量,怕吃多了给减死。

在我妈嘘寒问暖吃什么的时候,我说我得减肥,她立刻就掉脸儿了:"减肥你就多干点儿活儿,别指望不吃饭,你们要都不吃饭,我这一百多个菜白学了。"这话撂地没几天，她的餐饮班就教了山东大包子。打开了春，到现在为止我没吃过一次米饭，因为我妈又上了中西面点班。一般做饭的人都以自己做的美食被一扫而空为满足，那是对他们手艺的肯定，我妈这方面的欲求就更强烈，但凡你嚼得有点迟疑再提出点改进意见，简直是对她手艺的亵渎，直接噎你一句："吃现成的就别挑！做熟了就不错！"吓得我赶紧用多吃、喜欢吃、非常美味来表示我对她付出的肯定。

可结局就是，我妈像战士一样斗志上来了，吃完一批又顶上一批，一揭锅盖，好么，又是一个赛一个的大包子，有发面的有烫面的，最后剩点馅还得来一饼铛锅贴。我跟冬眠之前必须吃足了的熊一样，上什么消灭什么，人在阵地在。

忽然有一天，我妈说，咱做比萨吧。我可算松了口气，不用吃包子了。我妈一辈子都鄙视西餐，面传口授比萨饼不就是在发面饼上放点培根肉烤一下就行吗，所以，我立刻就明白她的意思了，骑自行车去卖大饼的摊儿上买了两张发面饼。然后回来把饼芯去掉一层，把芝士、培根肉、洋葱等东西照猫画虎地放在饼上，直接就推进烤箱。因为食材虽然不值钱但用电太费，所以，我妈要求一次烤两张饼。改良大饼出炉了，虽然还是大饼味儿但咱这有芝士不是？家里没人吃，我妈把这个任务交给我了。

试验品下脚料吃了毛四天，才摸出个做比萨饼的路数。因为终于自己也能做饼坯子了，而且味道越来越必胜客，所以我妈一高兴能打上午做到下午。我的送餐服务就又开始了，趁热东家送西家送，因为量太大，实在吃不了了。在比萨饼终于大功告成后，我妈打算挑战戚风蛋糕。

开始打电话让我按一个美食微博准备食材，我摆了一桌子，说实话，不做烘焙不觉得桌子小，我都恨不能把我们家床铺给腾出来，实在耍不开了！我妈来了，打包里拿出本啊书啊打印纸啊，全是做蛋糕的秘方。她先要求我把各秘籍通读一遍，几乎读完也忘光了。然后用IPAD查美食名博的程序，但虽然叫蛋糕，四个方子开出来的全然不一样，用料的分量和烤制时间到底听谁的呢？我妈选择抓阄，也就是谁离得近就来谁的，而且自己就通融上了。人家让用色拉油，我妈说用黄油香，因为黄油没化，飞速搅拌后跟炒鸡蛋似的，我只好拿滤勺把黄油控出来。比如牛奶倒入了四十克，还剩一口，我妈说，别浪费都倒进去得了。我们的戚风蛋糕基本完全是过家家式自己调配出来的。鉴于烤制时间从三十五分钟到七十分钟建议不等，我们挑了最长的，好歹得熟。

戚风蛋糕出炉了，没煳，跟死面饼似的，硬邦邦，吃一口顶一顿中午饭，太扛时候了！为了学有所成，我又买了十斤鸡蛋。只要我妈学餐饮不出师，我吃下脚料的日子，就没个头儿啊。

花钱也得冲锋陷阵

我听见我妈在给别人打电话,语气异常欣喜地重复:"明天顶门儿到啊!"估计这月话费都花在这句话上了。一般能让她这么为人民服务的,肯定是能帮助劳苦大众占便宜的事。我一问,不出所料,一家大型超市易主,全场二点五折。消息像风一样传了出去。

超市十点开门,我妈率领的老中青三代抢购团队九点已经到门口了。很多同样的人用他们想买点儿便宜货的真诚打动了超市员工,九点二十就把这些人给放进去了。甭管多大岁数,到了超市都是战士,购物车很快就被推完了。所有人跟见了宝藏似的,只要手能够到的,抓一把就往车里扔,先占着,有工夫再二轮分拣。所以,这样的抢购是盛况空前的,你都看不见有谁货比三家,稍微一愣神儿的工夫,货架子空了。

腿脚利索的,几小时后已经开始自动分拣了,有一位大姐,露着腰眼儿蹲在地上,两大车的东西一样一样摆在地上,把玩一会儿实在觉得没什么必要用的就甩在一边。一会儿工夫，腰眼儿大姐身边就围了好几个人，她摆摊似的扔一样，别人拾一样。

抢购比抢劫彻底。被拆开的物品扔得到处都是，很多东西七零八落地散在架上，依然有锲而不舍的人挑啊挑啊。很多货物能留存下来，是因为自己的残缺美，比如少了盖子的储物箱，比如断成好几段儿的粉笔，比如跳了线的毛巾。平时你会买这些东西吗？肯定不会，但在二点五折的驱动下不一样，什么破烂儿都有人要。因为有原价垫底儿，过日子人都觉得太便宜了。

我在家本来待得好好的，我妈一个电话，我以为她是让我开车去拉她，但革命意志顽强的同志们说，目前不是想要我去接，而是需要我给大家送饭。我都惊了，我说，你们都进去一上午了，买东西那么有瘾也不嫌累？

我到超市的时候，在我眼里，顾客全跟搬家公司的似的，大包小行李，没有购物车的直接把抢到的东西塞进包里，背着抱着扛着。也有干脆坐一边守着自己货物的，虽然都没付账，但自己得手的东西绝不能落在不劳而获人的手里，所以，谁靠近他的车，尽管满脸疲惫还是相当警觉。

很多人是没有家属来送饭的。那些人干了好几小时的体力活已经盯不住了，有的干脆把方便面的包装撕开嚼起来。我想买点儿签字笔，到了办公用品那儿，就看见几支被拆了包装的蜡笔散放在架眼儿上。唯一都伸胳膊的地方是卖各种账本票据的，有个大爷装了一提篮，我心里真纳闷，不干买卖，这东西买家走干嘛使呢？我问

很多事犹如天气,慢慢热或者渐渐冷,等到惊悟,已过了一季。但你依然要相信爱、温暖、美好、信任、尊严、坚强等这些老掉牙的词,虽然它们不再那么流行。

太多的结束和开始像一扇门，关了再开，开了再关，我们在所有的剧情里出出进进。人生，总会有不期而遇的温暖，和生生不息的希望，所以，我们还得继续走下去，我只是想问候一声——"你好吗？"

了一下大爷，大爷说："回去让孙子画着玩去呗。"我也听不出来，他说的"孙子"是骂人呢，还是真给儿子的儿子画画用，也没再多问，在这种时候打扰别人会挨揍，因为他们跟上了战场似的，光惦记拣战利品了。

我从无购物顾客通道出去，满眼全是人，每个结账的至少拉一车的货，我立即决定回去给乡亲们做晚饭，多做主食！

终于等到了叫我开车去提货的电话。后备箱、后座全满。我妈像将军一样很有成就感地，顺手拿起一件东西把价格倒背如流。每报一个价必须强调一次："你说，多便宜！"站在她旁边的老中青才俊们也一起感慨。送走了各位客官，我也把我妈花了一天时间抢来的东西挨件摆地上，三分之二没掏出来我已经没看的心思了。白粉笔，六盒，咱家不住教室更没黑板这能干嘛用呢？毛笔，八支，我妈说这是等我老了用的。摩托车头盔，两个，我们家只有自行车，我妈说，万一以后买电动车就能使了。野外烤鱼用具，三套，就算有机会架上我那存了五年的烧烤炉子，但烤鱼的契机几乎跟被雷劈的概率是一样的。塑料口哨，八个，认识的人里就没体育老师，我妈说，这个是让土土送同学的……

直到我妈躺在床上，还在感慨，五百块钱买了两车东西，太值了！老中青购物狂决定转天一早还顶门去。我在心里急切地期盼，这家超市快点关门吧。

坐在牌桌上出黄瓜

我最怵学习"身心灵"的人。"身心灵"这个词是这几年才流行起来的,我用俗世心总结了一下,大致就是把星座、心理学、算命、瑜伽等糅合在一起的学问,刚开始跟这些人接触的时候还挺意外的,因为你说东的时候,对方一定说西,而且有强大的理论支持,分析完,你连自己当初说的是东都忘了,直接被带入"身心灵"们设定的场里,还一个劲儿自责。我接触了一些"身心灵"女作家,"身心灵"女编辑等等,她们的到来能立刻让你的生活变成一道接一道的奥数题,能一步得出答案的,必须列十个方程。

有一天晚上九点,一位年轻的"身心灵"女编辑突然来电话,在很嘈杂的背景声中问我十二点以后是否有空,我怯生生地问:"您说的是明天中午十二点吗?"对方气壮山河地回答,几小时以后就可以到天津,因为时间太紧,想谈谈书稿的事。这就相当于牌桌上,别人都出扑克呢,她甩出来两根黄瓜非说这是两毛,让人觉得惊异和有趣。我从声音上揣摩着这位"身心灵"的年纪，然后还是觉得睡眠更重要，告诉她还是天亮了再见面吧。对方说："那您就把您早餐的时间腾出来给我可以吗？"声音谦逊而有礼。我心话儿，我又不是巴菲特，就时间不值钱。

我平时早晨六点起床，因为跟"身心灵"有约，所以五点就醒了，又跳绳又跑步好不容易折腾到八点，再一打电话，人家关机。我想，也许是半夜跑来太累了，多睡一会儿也好，但我的回笼觉是毁了。九点半的时候，收到了"身心灵"的短信，约我十点见面，说自己刚醒，我才明白，合着是按她的早餐时间定的。我开车到她下榻的附近，左等不来右等不来，再打电话直接给掐了，很久之后发来个短信说，出租把她放半道儿了，需要走一段路过来。

大约十一点的时候，一个穿着睡衣，趿拉着拖鞋，头发蓬松，拎着一个大超市袋子的女士出现在我的车前，然后后背倚着车门打电话，我正琢磨着这女的也不嫌车门烫，我的电话就响了。合着是找我的！

大中午跟一个仿佛刚打床上下地的人"谈事"，感觉很奇特，她依然故我地在牌桌上出黄瓜。大概因为我总看她的装束，她说昨天到得太晚了，就去洗浴中心住了一晚上，顺便洗了澡和衣服，所以今天衣服没干，只能穿睡衣来。为了避免尴尬，我先扯了几句闲白，随便说了说现在的学生和自己上学那会儿，没承想，她在我旁边嘤嘤哭泣，我也没带纸巾，只能任她在我旁边频率非常高地用手掌把滚落的眼泪往脸外面扒拉，溅得我胳膊上都是。我发觉旁边已经有人用异样的眼光看我了,我只能小声问:"你怎么了?"这一问,更坏了,她哭着说自己一直是研究星座命盘的,读了大量身心灵类的书,所以,我一说我的学生时代,她立刻脑海里出现了残酷的景象,回到了"文革"一般,她说她由我的话语里感受到了痛苦。这事闹的,我说得那么兴高采烈的事怎么就痛苦了呢?

我后来就没接她关于星座的解读,因为要这么没边儿地说下去,我的午饭都得泡汤。我简单说了一下关于"正事"的建议,让她回去考虑。"身心灵"大中午说要坐火车回去上班,我客气地说请她吃完饭再走,反正在哪都要吃饭。她摆出一副非常着急的样子,我一给油就到火车站了,我指着二百米对面的进站口告她过马路就行。但那姑娘一身睡衣趿拉着拖鞋,愣是下了我的车打了辆出租,告诉司机"过马路!"太有品位了。

两天后的一个夜晚,电话响,又是那位"身心灵",依然在嘈杂的背景中大声说:"我在北京南站呢,您把明天早餐时间留给我。"没容我回答,电话挂了。

后来我把这事跟几个朋友说,那些人一阵欷歔说:"身心灵你都敢碰啊,你知道那些人都多按常规出牌啊。那可不是一般人啊。"

厨房里的化学实验

不知道为什么韩剧里总有人在蛋糕房上班,我妈作为一名资深韩剧爱好者,扛了很多年之后,终于经常在我耳边念叨一句:"不买烤箱是不行了!"开始我并没有当回事儿,但我发现每次只要我往家买面包或者蛋糕,就跟买的是毒药一样,我妈会非常详细地给我讲解这些闻着香吃着甜看着好看的东西都是用什么化学试剂鼓捣成的,而且只要它们到了胃里就上不去也下不来,全糊在胃壁和肠子上。听完之后,你再吃什么都像自杀一样,豁出去了。几次之后,我在心里开始念叨:"不买烤箱是不行了!"

我妈被韩剧影响的,也报了个西点班,让她拿饼铛瞎对付是就和不了几天的。所以,我把心一横,在同事陈完美说要去花鸟鱼虫市场买点土的时候多了一句嘴,问她知不知道哪卖烤箱。陈完美是个非常热情的人,你多无心都能让她的热情给一把点起火来。她对生活的热爱瞬间就感染了我,陈完美为了感谢我对她的认可,送了我一盆含羞草。我在一个阴雨天,怀里抱着一盆一晃悠全瘫倒在地的绿色植物走进了烘焙店。

店不大,陈完美进去跟到了自己家似的,拉了几句家常就开始给我选购,我则惶惑地站着,架眼儿上那些东西我从来没接触过。店家问我打算买什么,我说"烤箱",问我想做什么,我说"做点儿有成就感的东西吧",两句之后,就换店家惶惑地站着了,只有陈完美,抱了各种各样的东西一次次往柜台上放,每回都自言自语:"这个你以后用得着!"

再看陈完美,跟进了四十大盗的藏宝洞似的,抱得我直含糊,不得不问一句:"这是都归我的吗?"她笑着说:"哪能啊,这些都是我的!"她指的那一片啊,跟二道贩子来趸货似的。我特好奇她家就那么数得过来的几口人,也不能靠吃点心活着,做那么多干嘛啊。陈完美特别得意地说:"送人啊!每周都有朋友给我打电话,说他马上过生日,让我给做个蛋糕。"说这话的时候,陈完美又选了六款蛋糕盒。她怎么那么完美呢!这还过日子吗?

店家给了我两张打印纸,上面有做各种东西的偏方。我点着上面的轻乳酪蛋糕问店家我能不能做这个,店家眼都没眨说:"这个你哪会啊!做蛋挞吧。"尽管我平时都不吃蛋挞,但为了咱也过过烘焙人生,就让店家帮我选了一些原料。店家摇晃着一盒淡奶油说:"这个一周内吃完!"我说吃不完呢,对方说,倒咖啡里或者做冰激凌用,我告诉他我不喝咖啡,不会做冰激凌,店家说:"你网上查去。"那一刻,我仿佛看见了体重磅一边倒的情形。

到家兴奋劲儿还没过去,把偏方往桌子上一拍。方子上写的是做十五个蛋挞的用料量,我烤箱里一次只能做得下十个,正发愁,儿子说:"所有用量除以十五再乘十。"之后的时间如同做化学实验,儿子拿了三个鸡蛋,那手法跟变魔术似的,我刚要叮嘱,一个蛋黄瞬间就掉脚面了。假行家指导满不懂,为收集三个鸡蛋黄愣废了五个鸡蛋。一一核对用料,忽然发现我手边只有一罐买回来的沙拉酱,却没有炼乳,打电话咨询烘培店,对方说沙拉酱就是炼乳,说得我倍儿惊讶。但管它是什么呢,谁也挡不住我做化学实验的信心了。

不过之后一点儿都没有悬疑。二十分钟以后,蛋挞倍儿专业地出炉了,跟买的一样。我一边小心吃,一边到处打电话,就一句:"我买烤箱了,以后我给你们做饼干点心和生日蛋糕啊!"再瞧我妈,听说我买了烤箱,竟然已经先去买了两千块钱的电和一袋面粉。

我忽然特别理解陈完美了。

橄榄油费衣服

整理大大小小堆在一起的盒子,能扔的赶紧扔。在我清理出来的废旧物品里,我妈跟检验员似的,把盒子全往她那儿挪了一米,告诉我:"你不要我要!没过期呢!"这次清理出来的几乎全是橄榄油。不知道打什么时候兴起送这个了,各式各样的玻璃瓶还有铁罐儿,摆了一地。

我记得看过一本养生的书,专门有橄榄油这一章,说这种油金贵,比如豆油两年保质期,它也就一年,而且估计不到一年的时候就已经变质了。还说初榨的橄榄油不能高温,温度高油就会自动生成致癌物,所以建议当香油用,和饺子馅拌凉皮什么的。而且,我蹲地上拿起瓶子——看产地,有意大利的、芬兰的,在我倒吸一口凉气的时候,我妈惊呼:"这还有一瓶希腊的!"我们把锦盒一一拆了找说明书,除了盒子上印的产地,是字就写英语,根本不知道什么意思。

我建议全扔了。因为谁家也没有成天吃馅,或者吃沙拉的习惯。

可这明显违背了我妈的价值观,她觉得这东西就算不是咱花钱买的,也是别人花钱买的,咱扔了就是对不起人家。我跟一个生活方式倍儿欧洲的阔太太请教,这个家庭妇女告诉我:"你做去角质面膜啊,核桃仁、蜂蜜、面粉适量。将核桃仁磨成细粉,加入蜂蜜、橄榄油,把面粉调和成糊状,均匀敷在脸上约十至十五分钟。抹完啊,倍儿白。"我越听越不靠谱,合着有钱人没事就这么瞎祸祸东西,还推荐我一款拿橄榄油搅和上半根香蕉抹脸上的保湿方法。我急切地问:"橄榄油除了凉拌还有其他吃法吗?"阔太太说了:"你可以直接喝啊!兑上果汁。营养丰富。"喝油这事,打蛔虫我都没用过这招。

因为实在含糊这油的来源,当水一样没事给自己满上一杯干了,还真没这勇气。但我妈认为不扔就得给用了,所以她老眼昏花地自己上网查橄榄油用途,这个举动充满了对我的不信任。可她百度出来的跟我正相反,有一个营养专家说了,橄榄油可以在高温下反复使用,炸薯条炸油条什么,下油锅绝对安全。同时,专家说了,橄榄油可以往身上抹,有润肤作用,抹头发上能护发,抹脸上能去皱。

我妈洗澡的次数明显增多。一边开热水器一边自言自语:"送这干嘛,不敢炒菜,只能往身上抹。"然后看她打厨房拎瓶油进厕所了。以往有十分钟就出来了,现在可好,拿油得把全身肉给煨上,没半小时不出来。我怕她总那么晾着再感冒,就砸门,我妈在里面喊:"给我找件破衣服!别把好衣服全给弄油了,洗不出来。"她每次从厕所出来,都跟打美容院回来似的,没衣服盖着的地儿全反着光。她撸着袖子,把胳膊伸到我眼前:"你看这效果,还真不错。皮肤倍儿有光泽。"我看了一眼,还真是,跟镜子面儿似的。可别说橄榄油,大油抹身上不也这样吗?

自从我妈用了橄榄油,特别怕有敲门的。因为她成天穿件破衣服,一后背大油点子。

后来有人又介绍了新方法,让蒸饭的时候把橄榄油倒进去,说米饭熟了特别香。可我觉得这是蒸米饭吗,怎么想怎么是爆米花。还有人说,橄榄油能炒菜,只要油温不高就行,我妈听了这句话心里踏实了,除了依然故我地往身上砸巴外国油,近一个月来,只要我妈炒菜,从来不等油热,前脚把橄榄油倒进锅,后脚立刻把菜全扔里,也不敢在火上久留,扒拉扒拉赶紧出锅,比拔丝山药还麻利。

橄榄油这货实在太多功能了,主要是费衣服!

我们的生活越来越跟国际接轨,这日常生活用的东西也在逐渐西化,可有人喜欢在西餐厅里拿叉子吃鹅肝,就有人愿意在路边摊吃爆肚,习惯很难改。

开饭馆的人不容易

很多人喜欢吃,我则喜欢跟着这些人在人迹罕至的巷子里钻来钻去,黑灯瞎火地找到一个居民楼里的小饭馆。里面每张桌子都围拢了客官,我刚犹豫地挪着脚,这边热情的伙计已经奔过来,因为吃主儿不知道在这里已经消费了多少银两,所以待遇是不同的,多憋屈的地方都能给咱再找张桌子,让你忽然觉得在这么紧张的馆子里还能盘踞个单间是无比有面子的事。

有个兄弟,我称其为张局,他姓张,真名特别庸俗大家都不愿意记,由于此人非常善于组织饭局,所以我们尊称他为张局,饭局局长。张局是个细心的人,谁过生日,谁出了新书,谁升了职,就算没什么好庆祝的,他也能因为什么春天来了、谷雨、惊蛰等各种节气为借口号令三军把大家往一块儿攒。所以时间一长,大家都懒了,干等着局长敲钢种锅为号。

张局以攒饭局为己任,刚开始的时候这一桌子坐的还都是熟人，就算没见过也彼此有联系，差不多有共同的爱好或者都是一个圈子里的，随着饭局逐渐演变成各界人士洽谈会，氛围就有点儿乱。二三十人围着一张自动旋转的大桌子，互相不认识的先要拜一拜山头，彼此交换一下名片，问问QQ号和微博什么的。刚看明白是男是女开始举杯同庆，这时候陆续三三两两地又来了以各种借口迟到的吃货们，张局站起来招呼加椅子加餐具，在"大家挤挤、大家挤挤"的号令声中其实谁都没记住谁。但借着酒劲儿，互相并不认识的人已经开始举着手机拍合影，而且谈的话题都特别有文化，比如，你认为2012世界有可能毁灭吗，要真有大灾怎么办？什么时候中国人能拿到诺贝尔文学奖？为什么五脊六兽这个成语里的动物那么无聊？我一边盯着转来转去却没人动筷儿的菜一边想，这都打哪找来的文化人啊，全得闲成什么样才整天考虑这种有科技含量的问题。

所以很长一段时间我脱离组织了，因为对我而言其实吃好吃坏不重要，但跟什么人吃很重要。我们更要营造精品小局的氛围，于是把这个创意跟张局汇报了，没想到，这家伙连五人以内的小局也要照顾到。多堵车的点儿，他也能打西边赶到北边，为了让我们尝尝他新发现的馆子，到尾声突然接个电话，他能再奔到南边去指导大局。其实我一直不明白他为什么有那么大的精力和热情张罗这事，要没人管，吃饭聊天挺随便的一个事，但有了组织，就变得特别隆重，每次吃饭跟开例会似的，我提前得上网看看什么话题流行，小局要有含金量。而且小局最大的优点在于因为人少，可以多吃点好的，尤其在五个人分一瓶啤酒之后，可以要个小二犒劳张局，在他微醉的时候,他能替我们把账结了,免去了我们打钱包里翻零钱AA制的小家子气。

后来有一次在小局里拿可乐给张局敬酒的时候,张局说他打算在家里摆一段儿流水席了,因为总在外面吃老婆不乐意。我一拍桌子,"你老婆怎么才不乐意啊!你都快散尽家财了,图什么这是?"张局语重心长地说,他们两口子想开个饭馆,为了找准市场,所以先要铺垫。真是大手笔,惊得我端错了杯子,把他的白酒全灌我自己了。

数月后,张局突然在本土消失了,手机还关机。所有人这着急啊,被人领导惯了,我们已经丧失了自我组织的能力。后来打微博上知道,那两口子去东南亚了,本着神农尝百草的精神还在到处吃。当张局终于出现在人们的视线里,俩人跟《千与千寻》里的父母似的,张局胖出二十来斤,张夫人也走形了。我怯生生地问:"你们还开饭馆吗?"张局说:"我们过几天再去欧洲转转,确定个风味。"说实话,我真盼着有一天张局能把饭馆开了,要不他这些年白培育市场了,弄得我们个个到饭口先给他打电话问有没有饭局,如果没有,心里还真失落。

到处都是普罗旺斯

偶尔扫了一眼微博,上面好多人都在说"仿佛置身于普罗旺斯",还有照片为证,想这大把的时间反正也没地方去,叫了几个朋友开车前往。虽然开车的这位朋友就跟睁着眼的 GPS 似的,但对我说的地址还是有些含糊,一直忐忑不安地问:"你这消息准确吗?我在这条道上每天过去过来从来没看见过你说的紫花。"我拍着她的后膀子:"什么紫花,那叫薰衣草!"

活 GPS 开啊开啊,确实在大马路上什么都没看见,后来她灵机一动自言自语地说,这大片的薰衣草会不会在楼群里?我们沿着她的质疑强烈要求她把车往小道儿上开。在一个楼盘旁边,我真的看见薰衣草了!一个破木头板子上写着"重返山居岁月",四周用竹竿和草绳圈起了一片紫草地,我问收门票的大哥,那楼盘是叫"普罗旺斯"吗,大哥点头称是,还问我是不是业主。我在心里惊叹,这得是多有文学修养的开发商啊,用花池子这么大地儿也能营造出法国氛围来。

与我同行的人都不愿意进去了,因为每人得交好几十块钱的门票。只有我一意孤行地想去草里蹚蹚,放眼望去,里面的人比花还多呢。慕名而来寻找普罗旺斯的还真不是少数,有一个大姐在草里露着香肩,仰头梗梗着脖子,头发披散在后面,跟找风向似的,她怎么调整,风都打后脑勺来,吹得那一脸头发,我都恨不能上去给她揪着点儿。这大姐带的摄影团队还真强劲,在她周围,各种我见都没见过的大机器架在草棵里,每个机器后面站个男的。这大姐在中间就跟要就义似的,每当她变换姿势,瞬间身边啪啦啪啦的快门声音机枪扫射一样。光膀子的大姐露在外面的肉都给晒红了,可那颗为艺术献身的心还是那么执著。在我冲那个大姐礼貌地笑了一下之后,有个男的啪啪地给我照了两张,然后举着相机一个劲儿放大屏幕,放大得我都没看见自己的脸,就听他说:"你看我给你照的,连脑门上的皱纹都那么清楚。"有这么给人照相的吗?这大姐哪找的那么缺心眼的摄影团队,大老远在草里暴晒就为了把皱纹、眼袋、雀斑照清楚?太不法国了!

后来我问那大姐是干嘛的,她说她是艺人,今天特意找了专业团队给她拍组照片。我认为,这艺人这辈子都火不了了,全糟蹋在这草棵里了。

薰衣草的面积不大,但时不时打草里就冒出个人。为了跟那些紫花合影,人们全蹲在草里,跟解决内急似的,等人送纸。弄得我每走一步都战战兢兢的。后来我也蹲下了,走得深一脚浅一脚很累,决定休息一下。朋友举着相机以为我也要留下倩影呢，但她不按快门，一会儿让我往左挪，一会儿让我往右去，我大喊："你以为我练武功呢？"她说："你自己回头看看，后面全是民工棚，回去PS的工作量也太大了。"我站起来伸了伸腰，我旁边拴了一圈细绳子，上面是五颜六色的小三角旗，不远处还有一块牌子，依里歪斜地插在地里，上书"严禁采摘，爱护花木"。四周还有：旧自行车，被挂住的红的、白的、蓝的塑料袋。在这样的大环境下照完照片确实没法PS。

后来我问闻风赶来的一个做房地产开发的朋友，为什么把好端端楼盘非叫个法国地名呢？他嘴里跟顺口溜一样说了很多词汇："创意英国、挪威森林、金色维也纳、阿拉丁花园、玛雅生活馆、马可波罗半岛别墅、波西米亚花园、地中海、西贡码头、香榭丽园、加州枫景、硅谷公寓、名古屋、戛纳小镇、格林威治等等。这些都是楼盘名字，高端，懂吗？"

这让我忽然想起彼得梅尔在《重返乡居岁月》里的一段话：离开它之后总觉得少些什么，或许是那里的各种声音、气味和感觉，我心底不由得隐隐抽搐，有种想家的怅然感觉……

手机里存的裸照

我不喝酒,所以很难理解那些能喝到烂醉的人为什么要靠"干杯吧,朋友"体现情深意浓。前几日,陈完美晚上九点多开着车,听着音乐正往家开呢,看见隔离带的大石头墩子上肉乎乎一坨。她好奇心突起:"你看那是什么?"我眯缝着双眼,白茫茫一片。好多车都慢下来,不过谁都没停,会儿都开走了。陈完美把车开近了一看,好么,一肉身横陈在隔离带上,因为腰身曲线太明显了,可以确定外形是个女的,这个人脸朝下,头发耷拉着,上半截的衣服给整个撩到腋下,下半身的衣服被褪到脚腕子处,所以不该露的都露着。

两个女人,车停在快车道上,围观另一个光溜溜的身体,实属诡异。我四处看看:"你说,不会有美院的学生在这写生吧?"陈完美镇定地说:"写生也得给打个灯啊,摸黑画?"我说:"你敢摸吗?"陈完美这个时候掏出了自己的"爱疯4",我大呼:"你是要拍了发微博吗？"陈完美瞪了我一眼："我得留个证据，万一有人说是我把她给撞的呢？咱俩站这这么半天了。"在陈完美辗转腾挪跟法医似的东拍西拍的时候，我想了想："你得有多高的技术呀，能把一个人的衣服从里到外全撞下去。所以，不可能是你撞的，我给你作证。这就是现场，衣服也不是咱扒的。"

因为越分析越害怕，而且明显要走就有了肇事的嫌疑，尽管陈完美的手机里全是一女的裸照，那我们的心里也嘀咕。所以，陈完美果断地报了警，然后站在那女的身体前面能挡住点儿是点儿。

很久以后一辆警车打我们面前开过去了，陈完美跟看见接亲人的车似的一边蹦一边挥手："这哪！这哪！别开了！"但警车又不是驴车人家哪听得见啊，陈完美赶紧又打110，告诉台里警车开过了。这期间，我们一直在彼此询问："眼前这幕是真的吗？"吓得都忘了互相掐一把了。

警车再掉头回来，我们才有了主心骨。俩警察询问了基本情况，我们实在也说不出什么来。警察沉吟了一下说："你们把衣服给她穿上吧。我们穿不合适。"我脑子还没转弯呢，陈完美立刻说话了："警察同志，您能先看看她是死的活的吗？要死了，我可不敢给穿。"还真是啊，咱又不是殡仪馆的。警察上去试了试鼻息，表情平静："没死，呼吸正常，你们受累给她穿上吧。"我们彼此对望一眼，心里那个恨啊，干嘛非停车拍裸照啊。

一个那么瘦的女人，没死怎么那么沉呢，我们俩人愣抬不起她一条腿，最后终于我们也放弃了。恐惧让空气格外紧张。陈完美打车后备箱拿出遮阳板、野餐布等等，干脆把她给裹起来了。说实话，裹完的效果比光着更可怕。警察过来检查工作，俯身推推那女的，这时候一直趴着的女人头动了，吓得我们跟踩在弹簧上一样就蹦出去了。警察还是沉稳，没动，但说时迟那时快，女人一口呕吐物全喷警察身上了，那人躲闪不及时，一仰脸直接就向后摔过去了。看见被裹着的人还真是活的，我们还喜悦了一下，赶紧又去拽警察。

后来的事就是几个人站在夜色里分析案情，我问："这女的那么大酒气，是不是喝醉了以为到家了，就把衣服都脱了？"陈完美说："你到家这么脱衣服睡觉？"我立刻不言语了。陈完美抢答："她是不是被下了什么药，然后被人扔在这了？"警察点头："这肯定是刑事案。"我听见这几个字心都快跳出嗓子眼了，特别佩服陈完美淡定从容，跟她就是刑侦队队长似的。我们不知道后续，各自带着恐惧回家做噩梦去了，陈完美的手机里还有要证明自己清白的裸女照。

陈完美叮嘱我一定要把这经历写出来，告诉女孩们千万不要随便喝酒，因为危险随时都在。这是她的原话。有酒量的闺女们记住啦！

人人都是大侦探

前几天在北京坐四号线,一进去我脑袋就大了,知道的是坐地铁,不知道的以为外星人入侵都得往地底下躲着呢。换乘的通道上全是人,纹丝不动,站着的人人扬起手臂,手里举着手机,全照相的。拍完的闷头发微博,倒都不着急。可见平时是多么训练有素。有手机有信号能上网,人就跟吃了定心丸似的。我曾经观察了一个男的一路,手机一直抓在手里,没打一个电话,使用的全是闲白儿功能。

手机还真能改变生活,把人生都变得神神道道的。有一哥们说,他就算半夜去趟厕所,还得拿着手机看两眼谁半夜还在网上。他又不是看夜大爷,还什么都惦记。尤其还有个微博,尽管粉丝里没俩人,但只要醒着就得扫两眼,看看谁给留话儿了,要真有,还必须回一句半句的。就是这人,成天看见我就要求我关注他,还得给他拉点儿粉丝。咱也不知道粉丝有什么用,不就是个数字吗?

就这哥们,有回在一个小区里遇见,我没话找话地问:"出来

大龄青年过度到剩男剩女,叫法不一,但都是这个社会对单身人士的一种归类。其实,真的单身不可怕,可怕的是你单身别人还以为你不是单身。

有人说，俩人相互惦记的，叫爱情。一个人自个儿瞎琢磨的，叫犯贱。

遛遛？"他说："我看看这地方能搭讪上什么人。"还冲我一挤眼儿。我正用看疯子的目光审视他，只见此人拿着手机一通甩，每两下看一眼。然后，突然蹦过来举着手机拿粗手指头戳着屏幕说："你看，你看，这儿有个女的！"其实他那么大手指头几乎把屏幕上的字都堵上了，我盯着他问："你吃药了吗？我！就是女的！你用拿手机测量吗？"他挠着头发一个劲儿解释："不是，女的不是你。"我立刻拔腿就走。他还在后面揪我。

后来在他百般纠缠下，我才明白，手机里有个功能是一甩，就能在百米内找到同时在使用这个社交软件的人。我拿他的手机，确实看见一个在线名称上写着"小龙女"，对于这种脑残的名字我很不屑。但好奇心驱使我特别有兴趣看看他到底怎么拿个手机跟陌生人搭讪的，就撺掇他寻找真爱。这位大哥跟特工似的，循着信号就去了。我们跟在一个遛小鹿犬的胖妇女后面走了好几个来回，那狗整个就是一小流氓，瘦得一把骨头还总想拈花惹草，那女人吧胖得一走大腿根儿处就磨得唰唰响，弄得我们跟踪的脚步非常有频率。那哥们到最后忽然内向了，非让我上去问那人是不是"小龙女"，我觉得让我上去借钱都比问这个有尊严。但心里实在想有个结果，就紧赶了两步问她是不是在用手机用同一个软件。那女人特别惊讶，跟遇见亲人一样在那"哎呀"，我赶紧指那哥们容自己脱身。再回头，这厮跟遛流氓狗的胖妇女还真聊上了。

使用智能手机的人还有个专长，但凡你参加个饭局，每人落座前先把手机跟出牌似的摆桌上。陌生的人一点都不关心彼此的真名实姓，互相问："你微博上叫嘛？我加你。"跟一群网友似的，场面异常诡异。自从有了智能手机，自打有了微博，多烂的一顿饭都有给拍写真的。在举筷之前，准有人喊："等会儿，我先拍一张你们再吃。"甭管是凉菜是热菜，上一盘拍一盘，吃饭的，跟一群法医似的。而且你再看桌上各位，桌上并不怎么交流，全低着头，抽冷子说出来的都是："我刚发了一条，你回复了吗？"

自从用了智能手机，人人都跟大侦探似的，全神经了。

打着幌子过生日

我发现人越老越抱团儿。好几拨人打着给我过生日的旗号吃吃喝喝，尤其南京一帮人，大晚上来电话，问我："知道我们干嘛呢吗？"我说，革命就是请客吃饭呗。对方说："我们庆祝你虽然又老了一岁，但越活越年轻。"我立刻警觉起来，因为离我的生日还有好多天呢，于是赶紧问结账不用我给异地结算吧。他们说，可以先欠着。

北京的几个朋友要求我必须进京一趟，说他们好长时间没见面了，怎么着都这岁数了得聚聚吃个饭。我要不去，难道他们就老死不相往来了？但吃饭毕竟是件让人高兴的事，隔好几天就眼巴巴地盼着这天的到来，庆祝方式据说不是啃鸭头，就是肥肠火锅，让我选。首都人民非常重口味，不是上面就是下面。

临近一天，"悦读会"的肉松突然冒出来说转天找我有事，那日子掐的，我不得不把北京的饭局延后。肉松让我晚上六点去一个咖啡馆，我怕堵车，所以早早就到了。指定房间跟个会议室似的，大横条儿桌子如同大通铺，躺几十号人没问题，尤其桌上铺着特别白的白桌布，那叫一肃穆。当然，桌上是有东西的。一个棕色盒子上写着"津酒"。我就对着这瓶"白的"枯坐了半个小时。肉松慢腾腾地来了，我问："咱是吃饭吗？"肉松说："想给你个惊喜。"顺手指了指酒瓶子。我盯着她："你那意思，我自己把这一瓶干了？"肉松没着没落地玩着手机，把屏幕滑过来滑过去，闷头说："他们说先都埋伏在其他屋子里，等你快发怒的时候再进来 Happy birthday。可是我把所有屋子都找遍了，确实一个人都没来。"

多幽默啊。我就喜欢这种出其不意，于是把酒瓶子打开了。守着大白床铺，也没菜，更不用杯子，打算一人一口意思意思完了。就在俩女的尴尬地喝着闷酒的时候，门开了，我一激动，服务员打门缝里问："您需要点什么吗？"连人家都看不下去了。肉松很淡定地一晃手机说，人没齐呢，先不要。然后不知疲倦地一个接一个地打电话码人。

又过了会儿。惊喜还真来了，一个姑娘抱着束花，陆续来的姑娘有带着睡衣的，有带着新棉袄的，然后众人把我一围说："换新衣服吧！"我借着酒劲儿一点扭捏的意思都没有，但发现这屋子没窗帘，姐妹们推搡着："换吧，对面屋子看不见你。"我喝多了，她们没喝多吧，明晃晃的大玻璃那么通透。我打厕所出来已经焕然一新了，睡衣外面套棉袄，还抱着鲜花。生日礼物太重了！最后来的一个兄弟还送了个油灯，说起夜可以用。

哪还有心思吃饭啊，用手拢拢头发一屁股坐在桌子上开始唱"有谁知道情谊无价，能够付出不怕代价……"这时候，送油灯的兄弟晃荡着草莓香槟，砰的一声，喷出来的酒全便宜白桌布了，立刻有人喊："哎呀，大姨妈来啦！"生日宴会就在无厘头的兴奋中结束了。

转天一大早，我已经站在了祖国首都的街头，那个死乞白赖让我进京的家伙居然还在睡梦中，第一句就是："快来我家，先把我冰箱里的东西打扫了！"她是一个非常热爱生活的人。她对生活的热爱体现在每天要做一个八寸的奶油蛋糕上，而且每个蛋糕写一条格言，我替她打扫的那个上边就写着"生命是一场偶然的宿命"，我举着刀觉得切哪都不合适。她又打冰箱里捧出来一个，上面写着我的名字，我倍儿高兴，用手机拍下来发微博，不一会儿，网上就有了回应："看图以为是个花圈呢。"这种点评真让人堵心，我赶紧把一圈儿白花给吃了。这闺女说，她以后的梦想就是打算把《心经》《道德经》《清明上河图》都表在蛋糕上，题字、落款都不能缺。我心想，那成天得招多少人来吃下脚料啊。

北京的生日宴最终是在啃鸭头的吧唧嘴声中展开的，最后以花圈蛋糕收尾，也算圆满。

似乎越成长，越庆幸身边有一群特别好的朋友存在，被岁月沉淀过后的相濡以沫是一种类似亲情的温暖，当温文尔雅变成神经病一样的疯疯癫癫，你会觉得再嘈杂的时光也能过滤出一种安然。

到老也要挤出事业线

我一直以为我妈是热爱生活的老人典范,下午刚打电话告诉我,她在三亚看国际帆船比赛,还上去体验了一下,电话里热情澎湃,我一个劲儿问她吃饭挨宰没挨宰,她在我耳边大喊:"这里气氛太热烈了,你说什么我都听不见,我说完就挂了吧。"

可自打我认识了麦丽素的妈妈,立刻顶礼膜拜,跟她比起来,我妈最多叫过日子,人家那才叫生活。麦丽素召唤我,因为她在妈妈耳边总提我,鉴于我自小跟麦丽素在一个中学里混过,所以她说母亲大人召见,我还真没法推托。麦丽素为了打消我的自卑心理,跟我提她妈妈的时候一直用"麦满分"这个称谓。

麦丽素在肯德基里等我,晃荡着杯子里的大冰块让我赶紧喝,还一边巴结地问:"你打算还吃点嘛?"我说:"看你这意思,有今天没明天了?我本来去你们家还挺兴奋,你前面铺垫那么多,弄得我怪紧张的。你说我又不是上门女婿,你妈就算看不上我,也不能让你们家狗咬我吧？"麦丽素摇了摇头："我妈，女人！"我把可乐一下蹾在桌子上："你，难道要把我介绍为你妈的后老伴儿？"麦丽素哈哈大笑，弄得擦桌子的服务员直看她。

在没见到麦满分之前，我脑子里揣摩了很多名媛的样子，这种女人就算再老也还是有特别婉约的范儿，后来，我脑子里就只剩宋美龄了。越这么想，我越想见麦满分。

那是一个青天白日。我跟随麦丽素到了她的府邸，防盗门里咣当一开，我正往门里探头探脑，一女的从客厅就迎出来了，麦丽素特别适时地介绍："这是我妈。"

我眼都直了。什么阿姨啊，伯母啊，我都喊不出来了，就那身材，那嫩肤，这都不主要，咱也看过《西游记》，那群要吃唐僧的妖精一个个的也显得很年轻，可是麦满分在自己家，愣穿着塑身长裙，裙子的前脸儿是低胸的，那条被活活挤出的事业线白花花竖在我眼前。我差点儿被拖鞋绊个跟头。说着满嘴吃惊的奉承话可算在沙发上坐定了。我小声问麦丽素："她是你亲妈吗？"麦丽素这个没有脑子的传话筒，连锛儿都没打直接赞美自己的母亲："看，你让作家都开眼了，她认为你是我的后妈。"我在心里骂呀，我这么说了吗我。

麦满分挺直腰板，虽然沙发有柔软的靠背，但她就跟坐在板凳上一样，看她的坐姿，我也赶紧挺着，坐着比蹲着都累。你们知道麦满分第一个问题问的我什么吗？她扬了一下下巴示意我喝咖啡，同时问："家里祖上是做什么的啊？"天啊，问题真不寻常，你串一万次门，不见得遇见一回拿这个当客气话聊的。我嘴里支支吾吾，脑子里迅速穿越，可我还真有点蒙。我儿子经常问我人类祖先的事，我总不能跟麦满分说我们家祖上是类人猿吧？我只好特别小声特别没底气地说，我爸我妈以前都在企业里。

麦满分显然对我的回答非常不满意，她高傲地笑着，微微耸着肩，扣弄着小铁勺，还用小勺把儿反光看着自己的表情，然后问我："一个女人怎么能不化妆呢？这个我得说说你。一个女人怎么能不穿高跟鞋呢？是吧！"停顿三秒，"一个女人怎么能不注重色彩搭配呢？是吧！"我实在憋不住了，我进门都没上厕所，要在动画片里，我现在准流鼻血了。我的所有机智以及斗话茬子的本领全让麦满分给灭了。我特别诚恳地说："阿姨，要不，您就把我当男的吧。这样我压力小点儿。"

麦丽素为了打破这尴尬的气氛，把我拽到她的卧室。我立刻叉着腰："你妈精神有毛病吧？"麦丽素拿枕头砍我："我妈就是心理年轻，比咱都年轻。不化妆不穿高跟鞋从来不出门。"我说："那也不至于在家还挤事业线吧？"麦丽素说："我妈打骨子里就是女人，热爱女人的一切。"有这样一个妈，我彻底服了。她妈不是宋美龄类型，走的是刘晓庆路子。我心里揣摩着，麦丽素她爸不会是玩电吉他和滑板吧？这样的家庭组合是多么的奇妙。

家有潮妈，与其说组建的是家庭，不如说营造了一个娱乐圈。

指导人生的胆量

有人天生喜欢为别人指导人生。比如,没生过孩子的向你传授育儿经,比如自己婚姻生活一塌糊涂,却像情感专家一样告诉你,男人如何与女人相处。再看那些所谓高级场所里经常摆着的可以白看的时尚杂志,那是一群月薪八千的编辑,告诉一群月薪三千的读者,月收入三万的人怎么花钱。还有更多公司的小策划用各种各样的广告语美化楼盘,告诉买不起房子的人,如何像首富一样享受生活。

常常有莫名其妙的电话打进来,问有什么投资意向,我问:"您能帮我把贷款还了吗?"要搁我,别人这么一问自己早心虚得立马挂了电话,可对方心理素质极好,不但不恼怒,而且一看打电话就不花自己钱,没话找话地问我:"那您还有类似的朋友吗?我们有好的产品。"谁跟谁啊。前几天还有个男的,大早晨打电话上来就说:"我银行有关系,能贷六个亿,你有好项目吗?"我说我没醒利索,你别再吓着我。六个亿,我都不知道后面得画多少个圈儿,没当过贪官,花不了这些个钱。

我有个朋友热心肠在高速公路的热线值班，经常电话一响，对方问："你给我查查航班停了吗？"热心肠说，我们这是高速公路，您问航班的事得打航空公司或机场的电话。对方说："这不都一样吗！"可这能一样吗？当你明确地告诉他真查不了天上的情况，对方又问："那你告诉我一下从地底下怎么走？"要我这脾气的估计每天得靠舒肝丸顶着，一边胡噜胸口一边接热线。但热心肠受过专业训练，一般白天睡足了，晚上就以极大的热情来应付各种稀奇古怪的热线。

有一次，电话响了，热心肠刚接，对方说："你找个男的接电话，我要骂街，小闺女听不合适。"热心肠说："我们接热线的都是女的，您随便骂吧，我结过婚了。"这种大无畏的革命精神只有在热线员身上才能体现。我觉得，故事到此应该就打住了，可那男的还真骂开了，乱七八糟的一通"卷"，也不知道是跟谁发的火。我问热心肠："你接这种电话腻味吗？"她说："有什么腻味的。正好解腻味。"热心肠说，一般喜欢打热线的都是大车司机，开长途，路上也没个人说话，就喜欢打咨询电话，除了道儿不问什么都聊，一边开一边搭讪，大概为了防止困。而电话这边，还得陪着，据说这是规定，而且还有电话录音，只要你不挂，我就不能挂。热心肠说有一次接一个热线有三个多小时，估计都快开到目的地了，那司机才挂断。

被动地给别人指导人生也是挺别扭的。

曾经有个北京的教育杂志派了好几轮人打电话，电话内容不说事,上来就捧。最后我接得都有点含糊了,就问,是让我帮着订点杂志吗?对方说不是,是想让我开个专栏,我才松一口气。后来一问,敢情是要解答家长的各种问题。看着那些问号,我都晕了,因为所有问题都是我想问的,而且更多的问题是教育部的人该回答的。我找到杂志社说,我当家长年头少,没经验,只生过一个孩子,而且自己还一头雾水呢。对方让我放心,"专家是理论指导,不用生多少孩子。"为了应付这样的一个艰巨的任务,每个问题我都得找真正的专家和教育学者去咨询,但他们说的也经常观点不一南辕北辙。那段日子,我很分裂,做梦梦见的都是小朋友们再也不理我了。为了让我正常起来,我咬了咬牙,把最后一期的问题回答得非常不着调。比如小朋友的妈妈问孩子总想吃糖怎么办,我告诉她,买一大盒,让他吃,吃顶了这辈子他都不想吃了,一次就能给扳过来。当然,还有更狠的。我不知道那期杂志他们发没发,反正自那期之后,我可以不当专家了。为别人指导人生得有天不怕地不怕的胆量,我不行。

女人会武术谁也挡不住

在公共场合的人堆儿里被性骚扰,这事比当街被贼偷了钱包还堵心。我身边还真没有哪位妇女之友讲述遭遇咸猪手的事,大概因为就算有人见义勇为或者狭路相逢勇者胜了,这事都不好大张旗鼓地讲。怎么都比丢钱包窝火多了。

我是路盲所以不喜欢开车,去哪都坐公共汽车。有一次陪同一姐们儿购物,她让我开车,我说:"坐汽车多省心啊,还能眯瞪一觉。"但她执意不肯,而且我要不开车她就得打车,我心里特别纳闷,这也太能摆谱了,又不是上班高峰,坐汽车多舒服啊。当然,最后还是开车了,找不到停车的地方让我心情不悦。她看着我,然后说了她为什么再也不坐公共汽车了,因为曾经在公共汽车上遭遇了性骚扰。这件事几乎是她的人生阴影了,如果有钱买飞机,估计她都能亲自当飞行员。

我也就没再去追问在某一个夏天她到底遇见了什么,而且为自己不愿意开车的念头深深自责。

性骚扰这事真是件给人生添堵的事。虽然还没到一命抵一命的程度，但绝对会让你在那一刻充满杀人放火的念头。我看很多跆拳道班针对女学员培训一款特有用的招数——踢裆，很多女的苦练神功，就盼望有一天能跟个流氓狭路相逢。

我有一个朋友，跆拳道已经到了最高段位，把她的教练都打得落花流水，终于学成而归。她经常问我受没受什么欺负，说实话我跟她从来不敢抱怨什么，因为她那憋着股劲找陪练呢。突然有一天，她跟我说了个事。坐汽车的时候正好赶上下班高峰，人不用扶着都能立住，互相挨挤很正常，但她还是觉察出了异样。车门一开，她就把那男的也推下车了，那咸猪手还没反应过来呢，这姐们儿飞起一脚，正中要害。那男的当时很沉默地蹲下去了。听她一说，我都替那男的疼，我可知道她那脚的力量，虽然没踢过我，但她都是拿沙袋和树练啊。

作为一女的，我觉得练几招绝世武功很有必要，不图保家卫国，起码让自己不受伤害。

贼船上了就难下

王瘦溜一早晨砸我门,我正刷牙呢,因为受了惊吓一口白沫子全吐自己胸口上了。我以为她有什么急事呢,冲进来就让开电脑,而且我冷眼一看,那一对黑眼圈和整张浮肿的脸啊。我说:"你是查出来疑难杂症了吗?"王瘦溜说:"你过日子怎么就不知道节俭呢,赶紧上网抢点便宜货啊!"说得跟闹革命似的。我搬着她肩膀往回哄,太耽误我睡回笼觉了。可王瘦溜说远回家来不及了,她送完孩子一看离我这儿不远,赶紧过来上网,说网上商城搞活动,折扣特合适,很多平时不舍得买的,现在都能买了。因为商城促销是有时间限制的,一般是从零点开始,她为了抢购,吃完晚饭就睡觉,别人睡觉的时候她起来盯着电脑,跟操盘手似的,俩手像老虎爪子搭在键盘上,点开商品就买,不询价不挑。

我很纳闷,有什么平时舍不得买的东西非赶这时候呢,一问,敢情她抢购的除了裤衩就是零食之类的东西,最贵的是一件防寒服。

这得穷成什么样啊，为买这些都不睡觉了？王瘦溜拿腰扭着我的转椅问我平时能替她接东西吗。我就奇怪了，为什么她买东西非寄我这啊，反正我是不给付账。她说，她婆婆不太好糊弄。开始她的包裹一个星期能有一个，后来一星期能接两三个包裹，再后来，我都没好意思问，还不得一天就接好几个。我要是她婆婆，我也觉得这媳妇太败家了，有那么多强烈需求吗？

王瘦溜说网购比上班美，上班一天挣一百，网购能花出去五百，为了装她打网上买的东西又买了个大立柜。而且网购增进了邻里之间的感情，我替你收，你替我收，要没这契机，谁跟谁都不认识。

可王瘦溜自打上了网购的贼船，那叫一个上瘾。到单位稀里糊涂忙完手底下的事，给自己搅和一杯咖啡，二郎腿一跷，页面全是网上商城的店铺，所有心仪的图片全点出大图来看看。王瘦溜因为爱上网购，从一个小里小气的人变得非常大方。网购的人都爱问一句："亲，包邮呗！"电脑那边的"亲"说了，包邮没问题，得凑够三百九十八才行。本来打算花一百的，这回顺便花四百。手机壳，王瘦溜一气儿买了十六种，她说换不起手机还不能多换点壳吗？原来"亲"说，买十五个可以赠一个，她自己留了三个，剩下的献爱心了。

这网上商城最爱干的是帮你搭配，你想买打底衫，人家给你搭配毛衣链，两种一起买还能便宜个块儿八毛的。你想买鞋，人家给你搭配长袜，袜子你要买个几捆能更便宜。所以，王瘦溜常年给我们供袜子，她一送袜子来，我就知道她又打网上买鞋了。

有一回她说要买面包机,在链接的页面上看见了电饭锅,顺便又看上了打蛋器,最后不但这些都买了,还顺便消费了一条毛围脖。其实这些东西买到家一年被使用的频率并不高。就像王瘦溜压根不喝咖啡,非看中了买三大盒咖啡附赠的大个咖啡杯,为了这,愣把咖啡买回来了,她怕喝不完过期浪费,又买了几盒奶茶,兑一块跟喝药似的就着全给顺下去了。最后那杯子因为实在太大,从泡方便面改种花用了。

没几星期,王瘦溜婆婆就怀疑了,质问她都买的什么啊?王瘦溜哪敢说啊,说全都是单位同事的家里没人接快递,地址全写这来了。婆婆就问了,哪个同事这么不知道节省啊。王瘦溜一核算,张口就来,说:"我们全单位的人都写咱家地址。"这得多不懂事的单位啊,拿老太太当传达室了。

前几天,王瘦溜回家看见一件神秘快递,里面东西不神秘,神秘的是包裹上写着三个大字"我恨你",她觉得自己也没得罪快递啊。晚上她老公主动自首,说那三个字是他写上去的。然后主动邀请王瘦溜到外面下馆子吃去,她以为自己老公要道歉,可那男人说"今天是个纪念日"。席间,王瘦溜百思不得其解,怎么也想不起来是什么日子就问了,她男人说:"去年的今天,我在电脑上给你点开淘宝网,我太恨我自己了。"

网购就是条贼船,上去容易下去难。

谁也甭想占我车位

开完会。范如花猛抬头，盯着我问："你还看得见我吗？"我说："你上趟厕所捡着隐身草了！"她还挺着急："你快看看你到底看得见我吗？"我把眼镜摘了："我不戴眼镜都能看见你。"她说："微博！我微博隐身呢。"我才知道，连微博也有隐身功能啊。可有什么必要隐身呢，明摆着也没啥人来说话啊。可范如花防我就跟防贼似的，生怕她的事又被我知道了，所以，连上个微博都要藏着。

可是，因为她的光荣事迹太突出了，我还没进屋呢，在楼道里就有人跟我爆料，说得绘声绘色。人缘好全体现在这了。

范如花前几天一进办公室就沉着脸，在屋里转磨磨。她吧，平时倍儿痛快，进来咚一下就坐那儿，桌子都能撞挪位，心情好！可那天，不坐了，站着，要不就倚着桌子角儿。看出生气来了。我就问了，为嘛呀。范如花说了，她的车让朋友开走修了，可就在她修车的空当，有个极不长眼眉的人，把车停她车位上了。搁谁看着都别扭啊，万一车修好了车位没了,也不行,得让这人挪开。范如花找到物业,但物业说查不出来是哪家的车,因为没登记。她就写了张条:这是我的车位,请您挪一下,我的电话是×××。按说,这程序挺正常的。

可是转天,车还停在那儿,纸条别着,那人愣装没看见。这不是激火吗!范如花的暴脾气上来了,打110。110就问了,您是报案吗?范如花说:"我寻求帮助。别人占我车位不挪,你们得管。"110说,这得找交管局。范如花说:"有困难找民警,你们满马路都贴这口号,不管不行。"结果110很快回电话了,特别真诚地告诉她,给查了,是一辆蓟县的车,但车主信息查不到。

范如花第三天上班的时候,都快站桌子上了。拍着桌子,跟跳跳绳一样蹦着叫嚣。生气啊。她找到一哥们,拍着那人的肩膀问:"你认识偷车的吗?把那孙子车弄走!"对方想老半天:"偷自行车吧,还行;偷汽车,怎么拉走啊,太大了。"范如花一听这条道儿也不通,立即发毒誓:我下班买油漆去,要是他的车还占我车位,我晚上直接都泼他车上!

正让我们见证她的誓言呢,给她修车那哥们来电话了,告她今天就能把车给她了。范如花心里有气啊,必须见人就说。

我在屋里听范如花把话说得跟机关枪似的,扫射。可突然,她就不说了。消停得特别突然,我都担心她再想不开了。我接过她电话,问那边说嘛了,因为帮她修车那哥们我也认识。他说,我就告她:"别闹了,你瞎闹嘛,我把你车开走,就把我车停你车位里了。"

这姐姐太有性格,差点就把恩人的车泼油漆了。

团购就像一场革命

越老越觉得时间过得快,一年,跟挥手撕张纸那么容易,嚓的一下,日历上所有的数字就没了,这么看,人生就是部悬疑片。

城市日新月异起来,大商场拔地而起,以前这购物的地界好歹还是座楼,现在的建筑风格都跟吹泡泡似的,玻璃幕墙从上到下,像个水晶体,特别浪漫,以至于让我误以为身边多了很多游泳馆。那些商场逛起来都很舒适,因为店面与店面之间很松散,在里面干走,能步行好几站地,看出来地方富余来了。我注意了一下,徒步的人还真不少,但进店买东西的人并不多,我总是盘算"有人买吗?这么卖能挺多久?"但一朋友说我杞人忧天,别看没人买,只要有一个人买,人家就能盈利半年。说得我更没兴趣进店铺了,咱还是淘宝商城吧,或者集体团购占点便宜。

今天是团购大年。连我这么一个对新生事物从来不参与的人都融入到洪流中了,可见这事是件什么样的全民运动。既然挣钱的事我们实在没脑子操控，我们只能把有限的精力用在无限的团购上。我在心里一直鼓励自己，重在参与。

我团购剪头发的券，才四块五，公园里给老大爷剪头的现在都涨到六块了，人家形象创意公社还管给干洗头呢。因为太便宜了，我"团"了五张券，反正家里没秃子，理发是必须的。都说团购受人冷眼，我感受到的还真不是，嘘寒问暖端茶倒水，弄得我觉得花了四块五跟欠他们四百五似的，心里那叫一个愧疚。我把五张券分配给家中的五口人，我们是分批去理发的。但回家一照镜子，嘿，还真是一家人啊，从老到少，无论男女，全一个发型。我们的共同特点是都有大鬓角和齐眉穗儿，在我的积极倡导下，大家照了张相以示留念。

花钱也不光是占便宜的事。因为邮箱里充斥着各种团购信息，所有被划去的数字都能带给你一种快感。跟打了鸡血似的点"购买"，最后，这月到底团购了什么都忘了。经常在我幡然悔悟的时候发现，我团购的商品已经过了消费期，你忘了花，钱人家就不退了。这一年，我以这样的方式，还真捐了不少钱。

除了大商场、团购，新开的打着外贸旗号的店也不少，它们一般都扎堆，以同一个口径告诉你"外贸甩单"这便宜要捡。我有个朋友，特别喜欢去逛这些小店，而且回回都能花个一千多块钱。买回来那几件破衣服真看不出好，但一口咬定："都是出口打回来的，质量好！"我心话儿，给打回来的都是残次品质量好在哪儿啊！可很多人就迷信"外贸甩单"。

深情，早已变成了淡淡的想念，被岁月一锹一锹扬起的土掩埋了。也许春暖花开，它们还能打冻土里慢慢摇曳而生出嫩芽。

有些人出现，就是来给我们开眼的。所以，人一定要经得起假话，受得起敷衍，忍得住欺骗，忘得了诺言，放得下一切。百炼成精，淡定从容。

有一次，一个朋友看上了件风衣，倒是不贵，二百块钱。让那朋友动心的不是价格，是卖货的非说这衣服产自韩国出口法国。我一看针脚什么的，衣服明显粗制滥造，乡镇作坊水平。可我的明辨是非的本领根本不敌卖货郎的三寸不烂之舌，归齐买了，俩口袋全是漏的，什么钥匙硬币哗啦哗啦全掉进了衣服下摆里，打远就跟牲口来了的动静似的。再看她买的牛仔裤，裤腰的商标全给剪得乱七八糟的，卖货郎说不剪成这样不让出厂卖。咱也不知道有那么没责任心的外贸服装厂吗，出厂的全是甩单货，压根做不出一条正经裤子，谁信啊！

可偏偏就有那么多人信。整天淘啊淘啊，把假货以及这辈子用不上几回的东西全买家里来了。我一个同事为了装她这一年来每件几十块钱买来的堆积如山的衣服，特意花好几千块钱又置办了个大立柜。

团购就像一场革命。冲锋的号角已经吹响，尤其逢年过节，要说打折，抢购的人真能提前一小时就坐电脑前面蹲堵，就为能把钱给花出去。

谁年轻时没爱上过人渣

一般人闪婚闪离,我一姐们儿闪孕。范如花给我打电话的时候,我以为让我给她贺喜呢,因为我连她交男朋友、结婚的信儿都没听说,忽然间就通知我"有了"。这样的见面我还是兴奋了一下,我觉得孩子就是天使,迎接一个小天使是多么美妙的事。所以,奔到大商场买了最贵的防辐射服。

跟范如花在一个特别商务的地方见面,我三步并两步朝她后背就过去了,拍着她宽阔的肩膀大声说:"什么时候开始闹革命的啊!跟地下党似的,这红旗就插遍了山冈。"我还没来得及笑呢,范如花瞪了我一眼,挺了挺胸:"你能有点儿素质,别那么大声吗?"这话把我噎的。我一屁股坐那儿,把服务员喊来,点最贵的!要不都对不起她选这地方。

我把防辐射服给她,顺便说了吉利话,问她:"你什么时候结的婚啊,这么心疼我,份子钱都省了。"范如花跟刚被敌人严刑拷打完,板着脸,咬着牙说:"没结婚。"我"啊——"之后就赶紧收音了,太时髦了,穷得跟我一样也就落个温饱,还搞单身妈妈这一套。我特别想知道她怎么想的,因为但凡叫我出去给人生把关、出主意的,全图的是我想出来的馊点子,我还真没直面过什么大是大非的问题。

"你说,这孩子怎么办,还要吗?"这句话跟打鬼的嘴里说出来的似的,我后背唰一下就凉了。你说她不跟孩子他爸商量这问题,把我揪出来干嘛啊,这事我哪能做主出主意啊,纵然孩子不是我的,纵然连个人形都没有,但那也是个小生命。我不知道说什么,急得直挠桌子,把漆皮儿都给抠下来了。这时候,我点的那些倍儿贵的咖啡啊,蛋糕啊,小吃啊,陆续上来了。我那个恨我自己,上厕所抽自己俩嘴巴子的心都有,杀富济贫得真不是时候。

后来我才问明白,范如花跟男友同居了仨月,开始是说好看看在一起俩人搭伙过日子能不能彼此适应,这孤男寡女磨磨合合就不止炒菜做饭收拾屋子了,提前把婚后的事一鼓作气全给干了。我把桌子拍得啪啪的,问她:"怎么就那么爽快呢!你平时干什么不都磨磨唧唧的吗?"范如花产前抑郁症都显现了,没鼻子没脸地要哭,还说:"难道找你来,就为了讥讽我吗?"

我守着一桌子吃的喝的,一点心情也没有,俩女的谁也不看谁,目光放得很远,不知道的准以为我们是同性恋跑这闹别扭呢。

我觉得我把一肚子能想出来的安慰话全说遍了,也没说到点儿上。无外乎三条道,一是立马结婚,当然得那男的也同意;二是孩子不要了,从哪儿来回哪儿去;三是生完孩子自己带。我认为,除了第一条其他都是绝路。可偏偏第一条道行不通,那男的跟范如花说,他没思想准备,结婚的事打算再沉沉,更不想要孩子。而且,因为平时在耳朵里灌了那么多"今天做流产,明天就上班"的口号,他认为做流产特顺手,而且是对大家都好的事。

我一听就急了,站起来骂了句街,差点就摔杯为号了。我真受不了我的姐们儿在五星酒店的商务中心抱着老么贵还用不上的防辐射服垂泪,真拿生活当电视剧演呢。

后来的几天,范如花在医院跟肚子里的孩子分别了。虽然我在医院楼道里又掉眼泪又生气,真跟孩子是我的似的,依然无法阻止生活的狂澜。很多时候,自己犯了错误,就要自己去扛着承担,谁年轻的时候没爱上过人渣呢。

美人迟暮不禁夸

如果猛蹦出一个人对着我说："你真是美女啊！"我一准儿认为这人没安好心眼。自己长什么样，就算不照镜子，好歹摸摸也知道个大概其了，腰有多粗，胳膊根儿有多憨。可是当这话传到范如花耳朵里，她真信。范如花的自信心是胎里带的，无论我怎么打击她，她都认为我是纯嫉妒，她只能听进去夸她的话，寒碜的话她觉得那都是我说给自己听的。

前几天，她在网上特别兴奋地问我，最近有词儿写吗？我顺坡就下了，生活那么平淡就等她主动往我这锅里撒韭菜呢。她还拿上劲儿了，怎么问都不说，只重复"特别奇妙"。我就问了，跟爱情有关吗？一般神神道道的事多半跟类似情绪有关。她点头称是。我更来精神儿了，有料啊！我特别善良地想，这姐们儿终于又遇见真爱了。

转天看见她，在她气定神闲地吃着关东煮的时候，我拿胳膊肘撞撞她,昨天那话茬得接着说啊,绝不能扔只鞋就没动静了。范如花等这一刻已经有一会儿工夫了,立刻喝了口汤说:"咱找个背人的地儿说。"我前后扫了一眼,有人形的都在十米开外,而且也都是陌生人,谁有兴趣听她的爱情故事啊,也就我这么捧场。但范如花坚定地认为,这些人都支棱着耳朵呢,而且都有传话的可能。

我在心里赞叹哪,太自信了,搁我要在马路边撒泼大概都没人给打110,怎么她就非认为自己是到凡间微服私访的呢。咱得听爆料人的,她也四下打探了一下拍了我肩膀一下,径直走了,我听见她甩在身后俩字:"厕所!"而且我们俩一点都不像好人,跟俩贼一样,东看西看还时不时回头,怕有跟踪的,她吧走得还挺快,我们一前一后就进厕所了。

对于这个聊天场所让我所有的欲望都没了,我们把个水池子,面对镜子,我俩胳膊盘在胸口,她俩手揣在口袋里,一条腿还直抖。"你把门锁上。"她命令。这得谈多大的事啊!我就喜欢范如花虚张声势的劲头,一个破事铺垫得那么隆重。

事情是这样的。范如花有一天接到一个电话,自称是某婚介公司,打网上查到了范如花的信息,觉得她条件太好了,而且有一群成功男士眼巴巴众里寻她千百度呢,可算盼到这一天了,特别想跟她见个面。范如花心里透亮的湖水立刻浑浊了,全中国大概都没几个那么能听进去好话的。介绍公司力邀她到北京总部看看,见不见都没事,权当多了个喝水歇脚的地儿。范如花欣然应允。

她说那公司还不错,见面室挺大的。她说这事的时候一点都不像光明正大的事,厕所就我们俩,她还压低了嗓门,她简直就是上级派去卧底的。我时不时开门往外看看,她还表扬了我,说我警惕性高,其实我是怕真上厕所的人再给憋急了。

范如花到那被相亲公司的人一通狠夸,建议她建档,那样就可以名正言顺地跟成功人士见面了。一询价,人家说一万八到九十八万不等,交哪等钱介绍哪等人士,王子觉得跟灰姑娘是没见面机会的。范如花哪有钱啊,钱都投房产上了,还欠着银行钱呢。搁我给个三五百就算亮堂了,可范如花怕被首都人民看扁了,出价说只能交两千。在那公司商讨来商讨去后,给她开了特绿的一灯,说可以先交三千定金帮她建档。

范如花是豪爽人。豪爽到转天就去见了个推来的男人,据说俩人很谈得上来。听到这,我断喝一声:"这男的是婚托吧!"她说:"好玩就好玩在,这事是个新鲜事。"有拿自己尝鲜的吗?我千叮咛万嘱咐,千万别给钱了,哪怕私下跟这男的留个电话交往呢。范如花认为我不仗义,毫无江湖人的敞亮心胸。

把我关厕所,确实是把相亲这事当个趣事说的,因为她还等着故事往下发展呢。身边的朋友让我拦着她点,奋身去拦的时候晚了,她说在跟那男的见第二回的时候,已经把给中介公司的钱交了,一万八啊!太敞亮了。

跟着那公司就让她交封档费,十八万!当她意识到钱太多的时候,那个以房产公司老总身份出现的人已经消失了,而且范如花说,查了,这个人的名字是假的,然后推理,这男的就是个骗子。

骗子多，傻子明显不够用。我觉得，起码那几天范如花是找到真爱了，搁平常人不会这么上当，爱情的假象是自己给自己制造的陷阱。

提着裤子大漠追车

我身边，尽是武侠小说里的人物，我觉得我能跟他们为伍简直就是穿越大戏，神马《宫心计》，神马《步步惊心》都是浮云。

远的不说，咱说近的。有一位姐们儿，身高四尺开外，体重一百五十来斤，特别注重养生和健身，在我们都累得贼死，恨不能倒头就睡的点儿，她一般在徒步海河。一个身材粗壮的中年妇女，穿着夜行衣，在护栏外健步如飞，绝对一景。她每个周末都组织爬山，我觉得几十年下来中国有名字的长着草的山头儿差不多都让她插上红旗了。她手底下有三百多号人，胖艳就是那个带队伍的人。

前几天放假。胖艳晚上消化完食，倚靠着河岸的栏杆，仰望蓝天，漆黑一片。她就想了，要是此时此刻在大漠上看星星，是多么浪漫的事啊！她是一个用闪念决定行动的人，她脑子里全是大霹雷。到家，她把柜子里的背包、冲锋衣、徒步鞋、麻袋扔一地，然后反正是户外用品全卷巴卷巴塞进后备箱。

单人单车，带了俩导航仪，就上路了。一个女的，自己去大漠看星星！爷们都没这魄力。

路上一通开，俩导航仪还矫情，一个让往左一个让往右，谁都不服。这可难办了，最终，胖艳决定哪个贵听哪个。所以跟着一个女导航仪瞎开，路上加了不少油。没地方住啊，荒郊野外的。估计丝绸之路古代都没么苦。胖艳晚上睡车里，反锁车门，音响一开，比家里都美。特别文成公主范儿。

胖艳是个充满诗意的人，内心细腻，你看她写出来的东西，看三行能感动得落泪。所以你就能知道，为什么她会为看星星能跑那么远。白天，路过一片枫树林，太美了，全是红叶啊！胖艳走在林子里，脚下除了落叶就是细碎的阳光，耳边只有清脆的鸟鸣。跟首古典诗似的。走着走着，胖艳累了，为了不辜负这美景，她决定睡一觉。拿脚把落叶往一堆儿趟趟，咣当就躺下了。

动静大了点儿，因为再松软的落叶也禁不住她压，自制席梦思瞬间就瘪了，没把地压出个坑就不错。而此时，头顶，树影，光阴，耳畔鸟鸣。暖和，舒服。一会儿胖艳就着了。那呼噜打的，山响啊！估计林子里的小动物吓坏了，不知道什么怪物来了，动物们带着孩子全回窝了。反正胖艳醒了的时候说林子里倍儿安静。没敢出声儿的，连风都停了。

胖艳接着往西域开啊。茫茫戈壁，没一个挡头儿。忽然内急。胖艳那么有文化内涵有品位的人，不得找地方吗，可实在是找不到。情急之下，她看见一个浅窝。太急了，呼吸都得提着气，稍微给点力就把持不住了。她把车开到那个沙窝旁边，拿车门挡着，反正能遮住点是点。可就是因为太急了，忘了拉手刹了。人刚蹲那儿，车自己开走了。胖艳以光速解决完身体问题，提着裤子在车后面那通追啊，差点儿绊着。

后来见到胖艳的时候，我说，你去了那么多邪性的地方，还不写本游记。她白了我一眼说："有些东西不用说，是要装在心里的。"

境界啊。要不胸怀宽广呢，心里藏事太多闹的。

去 KTV 练朗诵

我一直为没什么特长而头疼。前些日子，一群半生不熟的朋友相约着去卡拉 OK，那地方我已经十几年没去过了，如今都叫"量贩式 KTV"了，咱也不知道什么叫量贩式。要说变化还真大，一进门，眼花缭乱一群女的围上来，身上都是鳞片，进了包间就端了箱我从来没见过的啤酒，特别客气，整个气氛像来参加婚礼的。

在我们推推搡搡让谁先唱的时候，端啤酒的姑娘已经开始献歌了，不看大屏幕，词早已烂熟于心，"鸳鸯双栖蝶双飞，满园春色惹人醉。悄悄问圣僧，女儿美不美，女儿美不美……"好么，《西游记》勾引唐僧那套上来了。我赶紧哼哼："说什么王权富贵，怕什么戒律清规。只愿天长地久，与我意中人儿紧相随。"因为我哼哼的声音大了点，据说表情还很陶醉，立刻遭到起哄。

对于唱歌这事，我很自信，不用找，打小就没调儿，一路唱着国歌让音乐课及格的。对于我唱歌没调这事，一说，别人就认为我是不想唱找借口，特别不给面儿。所以，近些年，我都不解释了，别人唱歌，我练胆儿，几轮下来，什么歌我都敢唱了。反正唱一首，别人肯定再也不会让唱了，他们心服口服了。因为我有勇气唱，所以，赵文雯经常仰慕地说："一到别人让咱唱歌的时候，你总第一个冲上去，真是条汉子！"

虽然咱唱歌找不到调，但场面上的气氛还是很能烘托的。比如我唱半句，就开始喊："左边的朋友，让我听见你的掌声！"要是没反应，再喊："右边的朋友，让我听见你的掌声！"要还没人迎合，我就大呼一声："山顶上的朋友，我看见你们了！"弄得大家没辙，只好鼓掌，歌呢，也走一半了。当然，还得时不时地跟听不下去的观众握手，一首歌下来，手都蹭亮了，跟刚吃完一只烤鸡似的。

熟知我歌风的朋友们一般情况下是不会请我去卡拉OK的，这赶上半生不熟的朋友还真不好推脱，只能继续一展我的说唱功夫。那音响很奇怪，说实话，我唱的时候一点都听不出自己是在念叨，这让我都不敢唱了，设备太好了，怎么不走调了呢？但看别人的表情，心里还有点根，因为他们目光涣散且茫然地看着我。我太熟悉这表情了，说明我正常发挥，丝毫没有紧张。我但凡一紧张，准能找到几句歌的调儿，但谁唱歌是吓吓唧唧的呢？

在我的极具演唱会气场的烘托下，一个大哥也站起来了，抢话筒的高潮就要开始了。那大哥没法形容长相，照镜子吧，有一张屠夫的脸，但音乐一起，小嗓门跟夜莺似的。他又来问了一遍"女儿美不美"，我都快瘫椅子里了，合着男男女女都是百灵鸟，就我一个大老粗，我只能唱："也曾伤心流泪，也曾黯然心碎，这是，二的代价。"我狠狠地夸了一下屠夫夜莺的嗓门，不看脸，以为一屋子女的呢。屠夫很高兴，唱起来没完了，幸亏屋子有顶儿，要不他得飘出去。听到《女人花》的时候，我愤然走到点歌器前，告诉端酒那闺女，给来首《五十六个民族同唱一首歌》。

其间，浑身鳞片的姑娘开始一轮一轮跟我们挨个碰杯，酒壮英雄胆。屋子里最后全是配乐朗诵的声音了。

人间奇葩次第开放

鸡翅哥的嘴就像年头久了的吸尘器,不管吃什么嘴外边都能糊一片,就算吃鸡翅,旁边人都受不了,时不时得递给他张纸:"您能擦擦嘴吗?"他浑然不知,跟接过毛巾似的,整张脸一划拉,污染面积更大了。鸡翅做事跟吃东西一样那么实在,并且一丝不苟。

因为有人在微博上说起大梨糕,冯冬笋让鸡翅去买,并告诉他,小时候吃那东西得拿锯条锯成小块儿分着吃。循着这么个线索,鸡翅出发了,到大梨糕那摊儿上问:"您这有锯条吗?"那大哥盯着他看半天问:"你要锯条干嘛?"鸡翅很坦诚,告诉人家,我们同学买大梨糕都赠锯条,不用锯怎么吃?那大哥准觉得这人脑子有毛病说:"我们家倒是有钢锯,那是锯铁管儿的。你吃大梨糕用牙咬,用手掰,会吗?"鸡翅追问:"那碎了,掉沫子怎么办?"货郎大哥说:"直接倒嘴里吃啊!"鉴于鸡翅的智商被人质疑,大梨糕卖给他都涨价了。

我发现家里的鹦鹉没食了,赶紧给鸡翅打了个电话,让他顺路买把瓜子,我先给鸟对付一天。鸡翅充分估计了两只鹦鹉一天的食量,并且中途问了我是否也要嗑点儿,我明确告诉他先济着弱势群体。他领命而去。到了卖炒货的摊儿上,他说:"来二十粒瓜子。"摊主以为自己耳背呢,"来多少?"估计卖这么多年瓜子没见过一个按粒儿数着买瓜子的。他这么一提高声调吆喝,吓了鸡翅一跳,赶紧辩解说是买瓜子喂鸟,人家才抓了一把,收了一块钱。

鸡翅认为跟我们混很没面子,总让他去干丢人现眼的事。在解决完大梨糕和瓜子问题以后,直奔火车站,说已经买了晚上俄罗斯交响乐的票,得去北京欣赏高雅音乐。我们很嫉妒,但还是送上了祝福。

鸡翅走着正步到了进站口,过安检的时候,包早过去了,可人一过小门报警声四起,这动静立刻引起女保安的警觉。让他站一边,拿探测仪打他身上划拉。一到屁股那,声音就变,引得过来过去的外来务工人员围着他直看。"口袋里的东西掏出来!"警察断喝。鸡翅体若筛糠,把俩口袋的衬布都揪出来了,站那自言自语:"我口袋里除了钱就是手纸,没放别的啊。"

保安拿仪器一次一次确认,那东西只要一经过鸡翅的臀部立刻鸣叫。保安为了一探究竟,上手摸了摸。

这个行为引起了鸡翅的严重反感:"您别摸我,我受不了这个。我自己翻翻行吗?"女保安没搭理他。可这时候鸡翅突然想起来,在裤衩的口袋里有块银元。我后来问过他,为什么随身带那东西。鸡翅的解释是,当自己走夜路害怕的时候,当自己做什么事没自信的时候,手里攥着银元会有一种力量,银元对于他,就是护身符。

可护身符放这地方实在是太让人匪夷所思了。

当他确认了是银元问题的时候,大脑飞速运转,怎么把它掏出来才能免受作为犯罪分子的怀疑,可人家保安丝毫没有把他带别处去审问的动向,就僵持在那,等他解释自己的清白。鸡翅把心一横,估计贼的身手都没他快。稍微一侧身,晃了一下,手已经打裤子里掏出来了,他把装在一小塑料袋里的银元举到保安面前,挑衅一样:"你再扫我一下,估计是这个叫唤。"女保安接过这热乎乎满带提问的袁大头,用盯精神病的眼神盯着鸡翅:"你带这个干嘛?"鸡翅骄傲地说:"祖传!"他终于被放了。

我发现,身边的每个人,如果你留意,一定能发现他们的不同寻常之处,当你把这些异常放大,朵朵都是人间奇葩。

热心肠爱搅和

老段是个热心人,他的热心是毫无征兆的。也就是半年一年都没怎么见过他,忽然他能冒出来帮你出谋划策。比如前几天,我们又在小饭馆里见面了,他听说我的新书又要签售,一拍大腿立刻说:"这事得策划策划,得一鸣惊人!"听得我直含糊。

话说有回去北京签售,老段认为那地儿人肯定欺生,我们跑那儿算背井离乡了,必须带着亲友团给我捧场。他找了几个圈子里的朋友,有唱天津快板的,有唱天津时调的,有说相声的,据说大家都能带着家伙,绝对冷不了场。我满怀对哥们姐们的感激等着天亮。

要出发的时候,老段说,那个能唱天津快板的大哥拉肚子,来不了了,但就算他不来,咱的动静也不会小,绝对能把现场气氛烘托出来。我觉得,我不是去签售,简直像去拜码头,到一个人生地不熟的场子去跟别人抢行市。

为了让我能体面一些,一姐们大早晨在花店订了一大束花,我觉得用"束"这个词形容那些花太小气，因为那一大捆我一个人都抱不动。她怕万一没人送花，咱自己带的够！朋友们的良苦用心让我倍儿忐忑。

我们的队伍浩浩荡荡就奔了京城了。到西单图书大厦，几个人琢磨，咱走正门吗？老段说："别走正门，背着单弦儿进书店，人家再轰，以为咱要饭来了。"我倚着车门，告诉他："这是我带的乐队，凭嘛不让进啊？"老段说，得低调，要不门是进去了，不让唱也不行。

基于被人轰的考虑，我们直接到地下车库隐藏着耗点儿，我记得特别清楚，一群人在偌大的车库里蹲地上吃着汉堡喝着可乐，还特别高兴。吃饱喝足，我找了个厕所，藏里面给嘴唇上了点色。这就算行了！我说，咱上去。大家跟着我，拿着各自的家伙从防火通道进入书店。

大概人家书店从来没见过这样的阵势。来自曲艺之乡的艺术家们开始吊嗓子，调琴音儿。说实话，这样的曲艺形式我也从来没见过，那音儿拔的，根本不用麦克风，嗓门直穿云霄。我们在一楼，我一抬头，五楼的楼梯那都探着一片脑袋。

等待签售的读者排着队，目睹这样的架势都惊了，队伍一会儿就乱了，大家围成了一圈儿，等着看节目。老段一看人气够了，给艺术家使了一下眼色，演出正式开始。因为本来以为这个有民族特色的开场会很短，但后来发现这剧目好像没有要完的架势，给我主持签售会的主持人哥们问我："咱开始吗？书店的签售有时间限制。"我说："那就赶紧吧。"

所以最后的局面是，这边记者采访，那边曲苑杂坛。而且别看我们拿着麦克风，但出来的动静远没有艺术家高，后来看录像，我和主持人几乎手里拿话筒还在窃窃私语一样，因为谁说的嘛根本听不见。

老段很满足，因为这种传统曲目是他特别喜欢的。艺术家们提前问他唱哪出，他让人家定。直到饭局上我才知道，唱的曲目好像叫谁谁谁思夫，倍儿悲的一出戏。但大家听着都挺高兴的，外行看热闹。看着大家的表情，我认为我们去天桥上再巡演几场都没问题。我觉得首都读者都挺有素质的，听那么半天，没一个给钱的，维护了我的尊严。而转天京城所有媒体的文化新闻版重要新闻都是"王小柔来京签售，自带乐队"。

十月一日在国展又即将有一场新书签售会，老段特意把我找出来，他说要好好策划一下，弄点大的动静。我说："咱还送戏下乡？"他说："可以考虑。"另一个朋友说："你们太妖蛾子了，这回让王小柔穿大开衩旗袍直接唱大鼓得了，满场都得叫好，送花篮。"

这都一群什么策划人啊！

如果难过，就看看远方吧，它那么辽阔，一定可以包容你的所有委屈。那些你以为过不去的事情，有一天，你一定会笑着说出来。一切都会过去，一切都没你想的那么严重。

男女之间相处,还真不像打家具,不是全手工榫子活儿就讲究,就高级,就值得收藏一生。性格互补的人未必能那么严丝合缝,成天在一块儿,没准什么时候就会提刀相向,尤其知道对方性格漏洞,吵起来都往死穴撮,一撮一个准儿,吵完架一地炮灰。

在家里折腾不开

赵文雯非常仇富地跟我说，他们小区的人都在大兴土木，我说谁叫你买夹层的，那些买别墅的富人买的不是房子，是宅基地，一个月能给你盖出四层来。住一楼的人也不平衡，干脆挖出一地下车库，没准掏着掏着，都能跟地铁线通上。

我们附近的楼都不矮，动不动直接奔三十层了，所以住最上边儿的大客户再加盖都能够着飞机了，拔苗助长几乎不太可能，但住一层的大客户就撒欢儿了。有一家，也不知打哪儿弄来那么多木头，连他们小院带公共草坪全给裹里了。木房子很精致，特别像马厩。房子外边模仿东陵沿着铺出来的石板路，摆了一个挨一个的石刻小动物，有大象、山羊、猴子、豹等，它们两厢站立，跟动物园似的。经常有走道儿不利索的孩子在那些狮子大象身上攀爬，后来，在这些小动物旁边又摆上了石头桌子凳子还有微型小亭子，甚至大客户还给自己家门口安了两盏特别亮的长明灯。这户人家里很少能看见有人影出没，经过的路人经常揣摩，这家估计是经营石雕的，要不谁会把自己家照东陵的模式装饰啊。

富人的想法咱无从揣摩，不多吃多占似乎内心就无法平衡。但赵文雯羡慕嫉妒恨就来得非常无厘头，别说他们家被楼层夹在中间无法外延面积，就算给她块宅基地，她那点工资也买不起几平米的砖。所以，仇富的心理折磨着她，不花点钱她心里不舒服。

有一天，她招来一个看风水的。那人倒背着手，跟要买房似的挨屋一转，指着她那张好几万买的意大利大床说："这床得换！影响你运势。"这是赵文雯房子里最贵的一个家具了，要算床上用品和床垫子这床就奔着十万去了。当初赵姑娘认为人生多一半时间是躺在床上度过的，甚至没准还得躺床上去另一个世界，所以必须给自己买张最舒服的床。虽然她那硬邦邦的床我没躺出什么新鲜感，但一想身子底下铺的全是钱，也就心安理得了。

我拿眼睛瞄了一下赵文雯，她小脸儿都吓走形了，明显往心里去了。我刚要劝，风水师说话了："不换床也行，把床头调个方向。"这话说出来就是找抽，那间小屋子已经整个被整个大床塞瓷实了。换方向，房子的宽度都不够，除非把墙砸了，床头伸隔壁厨房里去，如果不砸墙，就得把双人床锯成单人床。

我就看不得这么欺负人的，我问那位大师为什么要把床调头。他振振有词："知道地球怎么转吗？人体就是小宇宙，不能跟地球拧着。必须南北躺着。知道东西躺是什么人吗？"我摇摇头，他说："死人。人死了停木板上，才东西摆放。"说得这个瘆人啊。我说："您那意思是，如果我东西躺着,又没死,是不是就阻碍地球转了?"大师点了点头意味深长地说:"反正磁场会把人切了。"

　　从始至终赵文雯就傻愣在那儿。我问大师有没有破解之法,大师沉吟,看那表情就得推销点嘛。果不其然,他说:"想改变磁场,需要在床头和床尾处安一种特殊的磁石,模拟地球自转。这样就可以把东西变南北了。"大师估计是科学家出身。

　　我冲赵文雯挤眉弄眼。在关键时刻,这姑娘清醒了。很有礼貌地将大师送出屋,扬言自己再考虑一下,都没问在床上跟地球较劲得花多少钱。

　　赵文雯说,终于明白为什么那些人在外面大兴土木了,因为在家里根本折腾不开。

吃了没文化的亏

人在喝多了的时候特别爱说人生箴言,而一桌子平时很斯文娴静的妇女到了一块儿就开始现原形,好像下肚的是雄黄酒。后来我发觉"神道道"这状态如同断了头儿的带电的电线,一旦彼此搭上,立刻就能擦出火花。据说有回,我眼中含泪地拍着旁边一孩儿妈妈的肩膀说:"宝贝儿,没人疼你的时候,一定得让自己活得像个爷们!"之后,那孩儿妈妈果真跟个爷们似的抱着酒瓶子开始对嘴儿喝红酒,咕咚咕咚喉咙里发出的声响如同战斗的号角,瞬间在座的全先干为敬了,只有我,一勺一勺很斯文地喝着酸辣汤。

女人如今活得都跟时光倒流似的,虽然有颗爷们的心,但长相上非常女人,一个个细皮嫩肉不知道给美容院捐了多少功德钱。有一天在吃饱了都不愿意散去的当口,旗袍爱好者建议大家集体去订做旗袍,说以后再见面就能跟名媛赛的了,仪态万方雍容华贵。这让我立刻想起了"十三个羊脂球"那电影,我说我不去了,没场合穿,还要去买鸟食,打算早退。但旗袍妹在桌子上磕着茶杯子说:"不行啊!你再不捯饬捯饬就成大爷了!"因为不想当女大爷,所以被她们夹裹着到了某小区。

如今做旗袍的人很低调,特别谨慎地打门上猫眼儿里瞄我们,怎么都像从事不良交易的。开门的是位南方大爷,脸跟头发一样白,嘬着腮。大爷年事已高每天不怎么接外活儿,但架不住一群女的起哄一样瞎张罗,他恨不能赶紧把我们打发走,于是沉默着开始给每个人量体裁衣。他老伴儿拿着一个本,给我们依次编号,然后记录身材尺寸。

我还是小学毕业的时候很隆重地被我妈带到门口的集市里,找了个裁缝给我裁褂子,翻饼烙饼地转几圈儿,拿尺子一比划完事,做的衣服永远是嘀里甩挂的,打十五岁一直能穿到五十五岁。相比之下,这做旗袍还真讲究,除了印象里常规做衣服常量的部位外,额外还给量了领下、后背、腹围、大臂的粗细等,总之,从量尺寸中足能窥见做旗袍的严格与精细。但我提着气,浑身绷着劲也没让那俩地方尺寸少多少,作为女大爷,我尴尬地发现就我壮实。我怯生生地问:"能麻烦您给我做件休闲款的旗袍吗?"南方大爷装聋,我声音高了八度,又问了一遍。他眼睛跟钩子似的挑了挑衣柜,让我拿件最肥的套上感觉一下。

我随手摘了件浑身大牡丹跟要唱大鼓似的衣服进了试衣间。穿得那叫一个费劲,又怕把人家衣服弄裂了讹咱,小心翼翼地裹自己。旗袍还真不错,感觉跟穿背背佳似的,人立刻就高傲了,昂首挺胸梗着脖子。可惜太短，包着屁股。我夹着腿，迈不开步，几乎是蹦着出来的。闺蜜们起哄般赞美，还有吹口哨的。我问还在量体裁衣的大爷，能不能把旗袍的下摆再往下落落，最好能到脚腕子，把大粗腿挡上。他老伴儿冷不丁接了一句："我们这不做连衣裙。"噎死我了。

到了集体选布料环节，主人打床上抱出三大本布样，让我们各自挑花色，跟我在家具城订做沙发似的。旗袍妹选了满是长得成精了的长水草和热带鱼图案，孩儿妈妈选了黑色镂空类似纱绷子的布料，还有个人选了芍药配光片的布……这些我都不喜欢。因为就差我了，她们明显有些着急，在逼问下，我说："我喜欢浑身是机器猫图案的，哆啦A梦那种。"旗袍妹恶狠狠地甩出一句："丢人！"我想象的翅膀立刻开始翱翔，我穿着浑身机器猫图案的，跟大连衣裙似的休闲旗袍行走在大街上，和饭馆楼道中，这得是多靓丽的一道风景线啊！孩儿妈妈说："你就是吃了没文化的亏，穿那个可以直接上春晚了。"

第二辑
游手好闲的生活

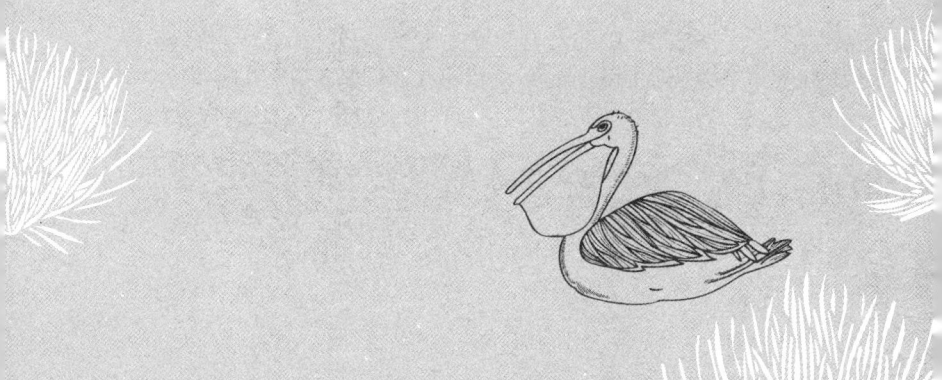

鸟人鸟事

很多人想不通我为什么喜欢养鸟,就跟我想不通为什么有人愿意养鱼一样,一个朋友弄一大水族箱,成天费电,制氧机总是咕嘟咕嘟没完,跟要熬鱼汤似的。那些鱼,死了一批又换一批,每次去她家鱼缸里的主家儿都不一样,按风水学讲,这缸也算一凶宅了,成天死鱼。

还是鸟好,至少能交流。而且在一个特别热的天,我们家还没电了,在彼此汗流浃背地对视的时候,我做了个决定——"放鸟!"红脸巴夫妻和王大王二,四只鸟一看笼子门开了,小眼睛滴溜一转,跟挤地铁似的争相往外跑。为了显示它们能飞,呼扇着翅膀就满屋乱飞,情绪极其激动,红脸巴长得跟大老鹰似的,眼神儿却不济,飞两圈就砰的一声撞玻璃上了。掉地上的小家伙,挺着胸脯喘着粗气,走两步,接着展翅高飞。

我对儿子说:"怎么样,自然风,比电扇强。"

红脸巴是一对凤头鹦鹉,再长长,个头儿出落得跟只大公鸡差不多了。网上尽有显摆自己家鹦鹉才艺的,比如扯破锣嗓子唱段《黄土高坡》,或者听杰克逊的歌跟着抬脚丫子踩点儿,可我们家的鸟自学了一套小流氓口技。只要一见人,就开始吹口哨,估计它们以为这是礼貌呢,你要不搭理它们还好,只要一搭茬,俩鸟就开始用没变好声的嗓子嘎嘎大笑,我在家的这点行为它们全学走了。

天什么时候亮,它们什么时候叫,比闹钟准多了。因为红脸巴跟泼妇似的成天瞎嚷嚷,王大王二变得沉默了,每天就闷头吃,一口粟子就一口西瓜,不多言不多语。红脸巴仗着自己有带钩的嘴,不知道打哪天开始,自己会开门了。而且就跟它们家有多值钱东西似的,谁最后离开笼子谁负责关门,走得悄无声息。每次我看见它们的时候,不是站在窗帘盒上就是把自己挂在窗帘上,特别欠揍地用钩嘴磕上面的光片,没几星期,打北京扛回来的高级窗帘嘛装饰都没有了,就剩块布。

让我妈最忍受不了的是,俩鸟拿我们家窗台当大森林了。回回我妈来,都看见俩鸟站在花上挨盆咬叶子,那些倍儿贵的,为了看花的闻味儿的花花草草,全让俩大鸟给干掉了。为了教育它们,我摆了几盆仙人掌。红脸巴倒也不傻,离老远绕着走。有一回自己撞窗户上掉花上了,仙人掌把小胸脯扎流血了,之后,摆什么花再也不敢咬了。

红脸巴夫妻前世估计是小混混,因为它们不但每天得好吃好喝的,还得在固定的时间出来玩,你要不让它们出来,俩家伙扯脖子喊,

鸟人鸟事

你越有事打着电话它们越来劲。尤其自己出来腻味了,就站王大王二家门口,拿嘴开人家门去。

有个朋友说,它们家鹦鹉会说一句话:"胖子,回去!"胖子是他们家的狗,因为家里人总说这句,鸟记住了。看见狗一出来,就喊"胖子,回去!"狗脑子还是不好使,一听语气,闷头就趴那了,特别听鸟的话。

那个朋友认为,我们家的鸟可以往大仙儿方向培养,测个字,叼个签儿什么的。我说,要是我们家这鸟出去给人算命,听完人家身世又吹口哨又狂笑,非被攥死不可。一只鸟,却有着拿人找乐的态度,那哪成。

现在,红脸巴夫妻正在边听歌边嗑瓜子,时不时拿鼻子跟着哼哼几下。

离家出走的艺术家

大下雨天儿,我妈心血来潮擦玻璃,那高兴劲儿似乎只能靠干活发泄了,嘴里还哼哼着"我爱祖国的蓝天,晴空万里阳光灿烂,白云为我铺大道,东风送我飞向前。金色的朝霞在我身边飞舞,脚下是一片锦绣河山……"外面哗哗的,听得我这揪心啊,让她下来,她说:"下雨天儿多凉快啊!就得擦玻璃。"倒是不用怎么往玻璃上喷水了。

窗户大肆撇开,原本摆在窗台上的花盆、鸟笼子什么的都放厅里了。我家的飞禽王大王二从来都是放养,因为它们认家,平时除了喜欢去鹦鹉红脸巴两口子的笼子处串门,一般就在花花草草里待着,它们以为那就是栖身的大森林了。可我妈在雨天倚靠在窗户框子上进行才艺表演,把飞禽惊着了。王大王二什么时候飞走的都不知道,我儿子土土喊王大的时候才发现那只黄雀没了,可是,这时候我妈一点都没意识到问题的严重性,还沉迷于内心的高兴事儿上,边唱边擦，窗户越划拉越模糊。也就是在这时候，王大也不愿意了，直接就打我妈手底下飞走了。老太太转过头说："这鸟毛还挺软乎。"

土土眼泪来得那叫快啊，仰脸问我妈："鸟找不到食饿死怎么办？"老太太这时候才意识到问题的严重性，大声催促："你们俩倒是赶紧下楼找啊！"其实我知道我妈巴不得鸟都飞走呢，它们总拿花枝子磨嘴，不让在花上待着就直接拆窗帘，特别拧。

我们忙不迭地拿着雨伞，我抓了把鸟食，土土认为得在鸟过来吃饭的时候把它逮住，所以拿了把捞小金鱼的网子。我在心里想，鸟要是傻到这份上，我就算白培训它们了。我们仰脸看着树梢分析鸟会落哪儿，这时看见我妈站在窗户边指着另一个方向喊："我看它们往那边飞了！"我和土土扭脸，但都认为我们家的鸟就算再能飞，也赶不上鹰，哪能一下就跑出去两里地啊。看我们原地不动，老太太发令了："你们俩倒是喊啊！"

土土嘟嘟囔囔："王大王二又不是我们班同学，一听家长叫，就吓得赶紧回家。"尽管他有这样的怀疑，还是扯着脖子喊了起来。我们俩，一个中年妇女带一孩子，在一个雨天，甩着空鸟笼，举着捞小金鱼的网满小区勾魂一样地喊："王大！王二！王大！王二！"我边喊，边想自己给鸟起的名字真好，起码能叫出口。不像有个朋友非给狗起了个歌星的名字，狗丢了都不敢喊，因为他们家的狗叫"刘德华"。

在这里必须得说说寻找自由的俩鸟。王二是只黄雀，跟个小精灵似的长相俊秀叫声清脆，它最大的特点不是叫得好听，而是游泳游得好！我最喜欢看它游泳，一大脸盆水，就它那小身板儿，一叶轻舟似的，到水里就能漂起来。王二为了与众不同，一次又一次自己往水里跳，无论多宽广的水面都给你游好几个来回。开始我怕它淹死，差不多就出手相救，把它打水里捞出来甩甩，放太阳地儿晾晾，后来人家自己愣是能往外跳了。泳姿比我都标准，扎猛子进去，游两下一抬头呼吸，我掐了掐表，比鸭子游得快。

　　王大本是我解救的一只山雀，因为歪嘴，它每次喝水必须把半拉脸侧躺进水里，所以只要见它那小脸一半湿一半干，一边瘪一边鼓就知道这孩子喝水去了。它的绝活是剪纸！王大的嘴就跟把剪刀似的，开始是撕我的书皮，扔地上的纸片都倍儿有形状，有几天我就发现这孩子的艺术才华了，它是按深色的线条撕，而且因为它的嘴歪，所以撕出来的弧度非常流畅，你要在单色的纸上给它画一个苹果，一会儿就给你撕出来了。

　　为了找回那俩大艺术家，我们在雨天，拿着它们熟悉的物品，一路叫着二位的名字，满小区都是"王大！王二！"的勾魂声。

看不惯好基友

饱暖思淫欲。红脸巴两口子大冬天的在窗台上特别高调地谈恋爱，公鸡打鸣是有时有会儿，可鹦鹉一放开嗓子，你不拍笼子它就没个完。而且红脸巴因为常年练口技，正经鸟叫已经不会了，经常我妈在厨房待会儿就大声问："这是你叫呢，还是鸟学你呢？"红脸巴吹口哨能一吹一上午，中间还不歇气儿，学艺非常下功夫。可有这欣赏水平的母鸟不太多，红脸巴成天绕着母鸟大献殷勤，点头哈腰，为人家叼毛，叫声古怪。母鸟就跟压根没看见一样，该干嘛干嘛，急眼了就啄它一口。

别说母鸟烦它，王大王二这两只小黄雀都烦它们了，只要隔壁一求爱，这边笼子就开始打架，互相咬。王大霸占着食罐，跟黑社会似的，只要王二靠近，它就摆出一副大老鹰的横劲儿，张着嘴，气势汹汹。吓得王二跟个猴子似的只能扒着鸟笼子向外张望，而且睡觉也不让它站架子上，生生把一黄雀挤对成了蝙蝠，每天晚上都看它把自己倒挂在笼子上，就那样还得把小脑袋插翅膀里，难度真够高的。

　　谈恋爱上瘾的红脸巴我是不敢往外放了，因为这俩家伙正换毛，一出来就可劲在屋里飞，追跑打斗毫无家教。赶上有串门的进屋，它们就飞得更欢实，人还没坐住，头顶上就开始飘鸟毛，弄得我还得打客人的头发上肩膀上胡噜。恋爱中的动物智商也挺低的，红脸巴飞的时候也不抬头，咚的一下就撞墙上了，我打地上跟捡个山芋似的，给吹吹身上的土。串门的客官伸手想表示一下自己的善良以及对动物的热爱，摸了一下它的大尾巴。红脸巴哪干啊，心想，凭什么你摸我？回头就是一口，小嘴跟订书器似的，肉立马开了。客官也急了，一把下去，红脸巴大长尾巴下来了。客官摊开手，好几根大长羽毛，他无奈地看着我。我大方地说："送你回去做把扇子吧。"

　　一个没尾巴的公鸟是没有魅力的，可红脸巴不懂得照镜子，总以为自己就是鸟中的王子，依然不分时间段地怪叫。直到把王大逼急了，自己拉开笼子门飞到隔壁房顶子上一通喳喳喳，红脸巴哪见过这阵势，都看直眼了。王大在平息了一场别人的爱情之后，在花花草草上跳跃。我看了它们的自治区一眼，就出门买菜了。正跟卖土豆的划价呢，电话响了，我儿子说："王大自杀了，你快回来看看还有救吗？"我觉得我整个就是飞回去的，跑得那叫快。满脑子盘算，是装死？是气性大？可人家鹦鹉谈恋爱也没抢它媳妇，这较什么真啊？

　　进家一看，还真是，王大特别安详地躺在花花草草上面。我儿子说，它去世的时候身边没人，只有三只鸟。等他招呼王大的时候，发现它已经躺倒在鲜花翠柏间了。儿子蹲着问我，用不用报警。我说这事连居委会都不管。可到底是怎么死的，太蹊跷了，毫无征兆。儿子说："也不知道王大还有什么遗愿。"我说，估计唯一就想把隔壁那对儿拆散了。

一个朋友打电话问我干嘛呢，我说："王大走了。马上出殡。我最后一个首饰盒子也贡献出去了。我左手拎刀右手捧着首饰盒子抓着把掉把的炒菜铲子，在楼下松树底下刨坑。你过来送王大最后一程？"朋友大笑说："你简直把你们小区当陵园了，又埋耗子又埋鸟。"我刀劈斧剁地铲出一块墓地，把看不惯同类恋爱的王大下葬。

这事对红脸巴没造成任何阴影，该怎么闹怎么闹。而王大的去世激发了王二的智商，它打心里感激我，认为是我替它除了一害，让它终于饿了能吃饭渴了能喝水睡觉的时候不用倒挂。所以王二几乎跟我形影不离，我回家门还没关好，它就打笼子里飞出来迎接。只要一抬手，两只冰凉的小脚丫就来了。王二最大的能耐是解扣儿。以前我对乌鸦为喝水往瓶子里扔石子的童话很不屑，我觉得那是人编出来的，但自打我看见王二能把我系得好好的塑料袋的扣儿拿嘴解开，就服了。我儿子说，咱以后解鞋带都不用自己猫腰了。

对狗也不能溺爱

狗是人类的朋友,不离不弃。狗是人类的孩子,锦衣玉食。狗是人类的孙子,隔辈疼爱。人对狗的爱,几乎到了情感的顶端。

狗进入人类社会很久了。虽然很多狗依然没有户籍和暂住证,但它们享受着家庭成员的优厚待遇。我没养过狗,所以看到小区里经常有穿着睡衣的男男女女抓着把报纸跟在狗前狗后,边走边吆喝"跟上"的人挺好奇,狗走不动了,他们得抱着,狗犯脾气了,他们得蹲下来哄,狗拉完屃屃,素质高的主家儿不但要拿报纸给抓起来,还要顺手给狗擦擦屁股。人类用养育亲生孩子的耐心对待着自己的宠物。当我一发出这样的感慨,我妈就说:"这些养狗的,能做到对自己父母一半儿的耐心和关心就不错。"

刘随意不知道打哪儿淘换来一只小鹿犬,成天"儿子儿子"地叫着,有一天她在 QQ 上找我,视频一链接,这胖女人就在那招呼:"儿子,快来看看你姨。"立马一张尖嘴猴腮的狗脸冒出来了,瞪着卫生球眼睛，眼眶子都快绷不住了。刘随意膀大腰圆据说净重已经涨到了一百七十斤，她穿着吊带儿一双胖手抓着狗爪子向我招手，那狗用二流子的眼神儿瞥着我，瘦成了一把骨头，居然还没有尾巴。我当时就想，人类的爱真伟大，几乎到了不挑的地步。

无论多累，刘随意遛狗的程序不能变，颤悠着一身肥肉带着那只像臭虫一样的狗满处拈花惹草，狗的肾脏真好，里面哪儿那么多尿啊，到处做记号。刘随意就应该让她的狗照照镜子，它知道自己长什么样吗？无论看见什么同类，臭虫都得过去闻闻，往人家后面扑两下，那些狗厌恶地冲它吼叫，它倒若无其事地左右看两眼，继续向前跑寻找下一个骚扰对象。我跟刘随意说，你这狗拟人比喻的话，就是个臭流氓，在动画片里活不够两集就给乱棍打死了。

忽然有一天，刘随意无比兴奋地说臭虫有后了，另一只母狗下了五只小狗，长了一水儿的流氓相。我说，你儿媳妇不定多恨你呢，把孩子卖了也不让它们找亲爹。

刘随意像守候她对爱情的承诺一样，成天陪着她的瘦狗，我不知道这算不算日久生情。她爸爸癌症住院了，除了送了几天饭，大部分时间还是雷打不动地继续着她遛狗的日子。我说，你把狗送人吧，多陪陪父母。她说，狗到别人家不吃不喝，非饿死不可，我就是它的亲人。于是，狗成了人最温情的牵挂。

我小学的时候去一个同学家问作业，她家有一只京巴，大鼓眼儿下龅牙，但他们家人都夸这狗长得好。只要我一进门，那狗就狂叫不止，我想扭头走，同学的妈妈觉得不合适一边训斥狗一个劲儿往里拽我。可无论我打算坐哪儿,狗都会先跳到那个椅子上然后仰头冲我狂叫。阿姨像哄孩子一样抱起她的狗说,狗在家太受宠了,容不得外人,你要是让它轻轻咬一下它就熟悉你了,拿你当亲人。后来我作业没问就走了,我实在犯不上跟狗攀亲戚进门前还得先让狗咬一口,这又不是旧社会。

说说我的另一个朋友,某天听说买了一只金毛,可我到他家的时候并没看见狗影子,我说,你不会是因为我不喜欢狗,把它藏床底下了吧?那兄弟冷静地说:"我们家狗去上寄宿学校了,下个月回来。"我脑子里立刻是马戏团景象,狗算算术,狗走钢丝,狗滚球等。现在有宠物医院、宠物玩具店、宠物旅馆甚至有宠物殡葬服务,居然还有宠物学校啊?我强烈要求去寄宿学校陪读一会儿,于是哥们开车就奔郊区了。

他的狗叫"孩子",我们到的时候它正在操场上上课呢。哥们指了指,沿着他手的方向,一只眼神幼稚的金毛正跟银行门口摆的神兽一样,一动不动地蹲立着,教练手里拿着一个绿网球,只要"孩子"一往我们这看,他就摇晃一下手里的球,大喝一声"注意力集中!"就跟狗能听懂似的,但"孩子"还真的收回眼神,继续保持不动。

下课的时候,我去跟"孩子"嬉闹,那哥们找老师了解它在校情况。回程的路上,我问他为什么花那么多钱让狗上寄宿学校,跟培养警犬或导盲犬似的?哥们说:"狗就是孩子,如果你对它负责,就要从教育开始,一味的溺爱就把它害了。"

生一小区孩子

有时候觉得流浪猫就像野草一样，你都不知道它是打什么时候妻妾成群的。如果你偶然看见了一只猫跟保安似的满小区溜达以后，没几个月巡逻的队伍就能见大。本小区保安部食堂设在我们楼下，因为楼里爱心大使太多，弄得墙边一溜儿跟自助餐厅似的。容器有炒勺、塑料餐盒、垃圾袋、烂纸板儿等等，各种品牌的猫粮和用于补钙的臭鱼烂虾，还有爱心奶奶怕猫总晚上摸黑巡逻影响视力，每天给它们煮肝护目。

记得在小区里第一次遇见黄保安的时候，它正在花花草草里弓着身子探头探脑地走，小步子迈得非常谨慎，跟到处埋着地雷似的，常常是抬起的爪子迟疑地往草里落，但就在要挨到地的一刹那，它迟疑了，悬着腿儿不动了。观察它太耽误工夫，我咳嗽了一声，黄保安噌的一下就直接翻院子进了一户人家。

几月之后我饭后百步走，迎面遇见了黄保安，它已经坦坦荡荡

最失败的听众是，人家随便说，你却当真了。爱情就是一场冒险，赢了，厮守一生；输了，那个比朋友更近的人，连朋友都不是了。不过话说回来，没点以卵击石的勇气还真不行，大自然里找配偶公的还得打群架呢。

我们最先变老的,从来就不是外表,而是曾经勇敢的心。别不好意思的,脸上褶子多点儿没事,只要心不老,有精气神儿撑着。走不了文艺路线,咱走曲艺路线,生活是个大舞台,靠长相赢得掌声的不是小三就是演员。

地走柏油路而不是钻草窠了，它体型稍胖，虽然脸还脏了吧唧，身体两侧的毛已经粘成了两个大饼，跟穿着护心镜走路一样，但已经有了业主般的从容。对主动跟它打招呼的，会抬起头打嗓子眼儿里回应一声，对那些对它指指点点的，拿眼睛夹一下就当空气，淡定走过。如果有不识趣的狗上来调戏，黄保安立刻弓起身子，喉咙里发出恐吓声，巾帼不让须眉，作为女保安它也要维护一方稳定。

一天三顿，自助餐时间准时开放，我也搞不清那些来混饭吃的跟黄保安是什么关系，反正都是奔它来的。

黄保安巡逻的地方很广，派年轻的保安到树梢上瞭望，也有派到墙头的，大部分保安会挨家挨户溜达，甚至连地下车库、自行车存车处等蹊跷地方它们都会监控到。因为保安工作步入正轨，寻衅滋事的人和狗都已经被摆平，所以黄保安突然就去歇产假了。跟谁有的孩子，不得而知；产房在哪儿，不得而知。经常听遛弯的老太太说，黄保安在喂奶，需要补补身子。估计是孩子太多奶水不够，爱心大使会单独给黄保安留份催奶饭。看见它来，才端给它。后来一群不着调的孩子也跟着进补，特别有闲工夫的爱心大使们拿绳子，把一边拴着块破抹布，在黄保安的孩子们眼前逗弄，弄得孩子们心猿意马。

黄保安跟个女战斗英雄似的，怀孩子生孩子成了它的主业，每天特别慵懒地往树底下蜷着腿一窝，等吃等喝等爱心大使来给挠痒痒。它来了也就两年，估计论辈分已经可以当老祖母了，但依然有几十个孩子管它喊妈。

生一小区孩子 133

看以前大文人写的小说，都特别鼓励近亲结婚，表哥跟表妹，堂姐和堂弟等，也没看到怎么描写他们结婚就生怪胎，可现实生活里好像都说这样不好，有悖进化论。可你看黄保安那大家族，基本上都是家庭内部解决婚姻大事，一个一个小保安生出来跟黄保安一样，连毛色眼神儿均无二。

一个哥们有天来串门，忽然问我能不能带走一只黄保安的孩子，我说居委会主任都管不了这事，它们也没上户口，应该可以吧。那哥们说，他新交的女友想让他给买只金毛，话里话外提醒他好几回了，但他觉得俩人感情还到不了互送东西的程度，作为同样是长一身黄毛的宠物，送只猫也一样。我心说，黄保安少一两个孩子，它倒不在乎，但你这样也太抠门了吧。但他坚持狸猫换太子。

他怎么抓住黄保安孩子的，我没敢看，说实话送他出小区的时候我心狂跳，估计跟拐卖儿童一个心情。他女朋友特地在小区门口饭馆摆了一桌。说实话，我长这么大还没遇见过如此丰满的人，她很有爱心，先把猫抱在腿上，再把胸搭在桌上，然后点菜。合上菜谱的一瞬间她说："我们感情倍儿好。"

凉菜真凉。我心话儿，你觉得你喜欢的人也喜欢你的时候，一般是你想多了。但愿黄保安的孩子能成为他们好感情的首付。

第三辑

爬出井能看见天儿

要发财了

新疆是个好地方。从早到晚三顿肉,吃得我打嘴角往外流羊油。补得有点儿猛,身子骨扛不住了,开始全身过敏,早晨一照镜子脸跟戴了大头娃娃的头套似的,就差脑门儿上点红点儿挥着三尺红绫上街扭去了。我赶紧给新疆的闺蜜打电话:"你知道我现在嘛样了吗?"那女人热情地接着下茬:"你是邀请我去你的酒店蹭热水洗澡吗?"一点儿都不关心我的异形容貌。我说:"你有朋友这几天过生日吗?给我准备个拐棍儿和桃,我去给人家祝寿去,让他们都念你的好。"闺蜜说:"你脑门都那么大了?"我坚定地嗯了一声。

那女人战战兢兢地贴着门边进了屋,直接进厕所,就跟她家没热水似的,在她关门之前,探头问我:"不会等我洗完出来,你在床上蜕张人皮吧?"她拿自己当法海了。这女人没带拐棍儿,居然带了几个蟠桃,哪有寿星老儿托着蟠桃给人祝寿的!我直接就放自己嘴里了。

她扔给我一个去喀纳斯的行程表，问："你去得了吗？"我哪能一直在酒店等着自己脱胎换骨，所以第二天太阳出来的时候我已经把自己捂得跟木乃伊似的，混迹在散客团中。

一路都迷迷糊糊，茫茫戈壁没有风景就是唯一的风景，看得我眼皮都撩不起来了。忽然之间，导游开始跟全车人显摆自己的首饰，一边转着手腕上的镯子一边说："宝石滩有戈壁玉，看你运气好不好。我这个就是在那儿拣的石头加工的。上次有人出三万我没卖，自己戴着玩呗。"估计全车人的盹都醒了，一个个纷纷把导游叫到身边，看人家镯子、手机链、玉坠，导游一边摘一边翻包，拿出她前几次拣的玉石用强光手电照，每照一次，大家都张着嘴发出一声"哇——"的赞美，确实那些跟上了油一样的石头非常剔透。不停有人问"这值多少钱"，跟拍卖会似的，耳边全是几万几十万的报价声。

要不是我整个脸裹着布，跟个劫匪似的缩在最后一排的角落里，我也得把导游叫过来，我为无法汇入人民群众哄抬物价的洪流而悔恨。全车人把人家闺女的首饰都把玩了一遍，导游说："我们马上就路过宝石滩了，如果大家想去咱们就停车，门票一个人一百二，如果不去咱就继续开。"继续开？甭想！连老头老太太都摩拳擦掌了，什么喀纳斯，什么禾木，咱先发财吧。已经有人开始翻行李找大袋子了。途经一处胡杨林，都没人看那些驻守了戈壁三千年的枯木，大家就跟四十大盗似的就奔劫财来的。

大轿车门一开，老人和儿童像黑风怪，嗖一下就跑成了人影，估计逃生时都没这速度。大家尽量互相保持距离，划分地盘儿，越走越远。此时地表温度将近六十度。人们像工兵一样全蹲在地上默默地刨，谁也不理谁。我忽然特别理解阿里巴巴和四十大盗了，体力是不值钱的，袋子里的东西才值钱。为了尽善尽美，我打地上捡了一块石头，本打算拿手机里的手电照照，后来发现别人每拣起一块儿都得对着太阳照，依旧刺眼的扔进袋子，挡住光的扔地上。我长这么大都没如此执著地盯着太阳看过，虽然戴着墨镜我眼里依然闪着金光。这样，袋子一会儿就满了。我抬头看看大轿车，好么，离老远呢。在满地都是财宝的时候，脚下真是不知不觉啊！我喘着粗气，觉得皮肤已经在布里一层一层绽放了。好不容易到了车边上，靠在阴影里，导游过来挨个石头拿起来看，每看一块都啧啧称叹，我再低头的时候，那不是石头，那是好几百万啊！我马上给新疆的闺蜜发短信，告诉她我要发大财了。她说："你病得太厉害了，我已经给你挂了专家号。"

我这一路没干别的，照完这块照那块，越照越满足，最后手机都没电了。终于回到乌鲁木齐，闺蜜接上我直接往医院开，我给她展示我拣的玉石，她瞄一眼说："满戈壁滩玉石就摆那等你弯腰一麻袋一麻袋往家扛？"这女人为了打击我，故意让我从人民公园里穿行，走了没几步指着一小河沟的河床说："你看看这是嘛！"我定睛一看，全是我拣的那种石头，又油润又通透还圆。我不死心，又去了几个玉石加工店让他们鉴定，那些人跟约好了似的，全让我挑几块好看的放鱼缸里，其他的扔。只有我妈，鼓励我自己买个玉石加工机器，咱自己打磨。

后来，我在乌鲁木齐中医医院住了三天。同屋的一位老人知道我喜欢玉，特意让孩子带了一块让我开眼，我一句话就让她把玉石又揣回去了。我问："奶奶，您这玉是打哪儿捡的？"她说："买的！"

那个像香港的地方

有时候翻出老相册看看那些到此一游的照片,觉得那会儿的人都特别抱团儿,像出去玩这种事必须等着单位组织或者学校组织,如果旅游组织者能吐口儿让带家属,如同大赦,被捎上的人打心里感激。

我参加工作后第一次旅游是白沟。那时候在机关财务处流传着白沟如何好,各种商品又高级又便宜的传言,意识里白沟就是我心目中的香港。那会儿单位福利很好,家属同行是不需要费用的,所以我替闺蜜报了名,同时叮嘱:"那儿东西特别好,多带点钱。"闺蜜被我"极像香港"的描述搞得热血沸腾,一夜没睡好觉,一大早问我是不是应该先去商场买条金项链,别到白沟被人笑话,好像我们没钱似的。可是,因为刚工作,我们俩加一块儿还凑不够一千,我提议先找家长借点儿首饰戴一天。

出发当天,我们俩特别隆重,她脖子上戴着一条极其夸张的很粗的金项链，说是打她二伯那借的，但长发把脖子都挡住了项链并不明显，我让她把头发系成马尾，这样雍容华贵的意思就有了。我呢，打我妈的箱子底儿搜出一条珍珠项链，手腕上再戴上一串贝壳，因为当时并没去过北戴河，所以觉得贝壳手链能这么藏着不定多贵重呢。有了首饰，觉得整个人气质都变了，走路昂首挺胸，最主要的是，为了去白沟，我还穿了双高跟鞋。

一路心情非常愉悦，带的烧饼都没机会吃，跟闺蜜海阔天空地聊，充分体现了我们吃过见过的气质。车里其他人都闭目养神，好像是去开会，一点儿不带激动劲儿。闺蜜挨个点评了我的同事，她说，要是她们单位组织旅游得唱一路歌，我还真担心她人来疯的架势影响了整个机关干部在人民群众中的形象，始终防着她。

车晃荡得我都有点儿晕车了，听见司机说大家都下吧，立刻眵儿醒了，急忙透过玻璃放眼四望。闺蜜也探着脖子："到了？就这儿？"我想，也许是停车场吧，并没有看到想象里的大气派，反倒是那些跑来跑去的小贩和远处一堆一堆垃圾让我们有了宾至如归的感觉，到乡下了！

我们跟着有工作经验的人下了车，大家约定了上车的时间，跟蒲公英似的全散了，只有我们俩还站在原地不知何去何从。当年的白沟就像一个很大的自发的市场，一个大棚子，下面都是卖杂七杂八货品的，跟早期小商品批发市场没什么两样。我捏了一下闺蜜的手："看好咱的钱！"然后挤进了茫茫人海。我们很快就出手了，她看上了一小包花花绿绿的小辫绳，一百个才五毛钱，能用到死了。我则买了一百个卡子别头发用，用到秃是没问题了。我们一路攥着一共才一块钱的东西非常忐忑，主要是怕包里的钱再被偷了，所以特别紧张。

转悠到下午，也没发现什么有用的东西。越走越饿，找了个人少的地方站着把烧饼吃了。闺蜜一边抖搂着身上的烧饼渣，一边眨巴着眼睛说："要不咱买块烤山芋吧，总得再花点钱。"

虽然只是到了白沟，但香港的潜意识还在。

我们边吃边往那些买了东西的人身边凑，发现他们大多买的是皮包、打火机等东西。因为时间太富余，所以我们第二次又钻进了人声鼎沸的大市场。也许是当年视野太封闭，我们俩始终认为白沟这地方全世界都闻名，绝不能白来一趟就买点卡子回去，都无法向乡亲父老交代。所以我们打算各自出手一款时尚的包。当年最时尚的就是腰包，后来演变为满大街小商小贩都挂在腰上放钱用的那种。货主说尽美言，纯羊皮纯手工拉链都是进口的等等，十五块钱一个，我们买俩二十元。

我们各自腰间挎着个小包，里面放着一百个卡子、头绳儿，吃了一个烤山芋，这就是我们白沟之行的收获。而我的腰包，在车上拉链就坏了。其他人也是满载而归，回程的车上，都在互相交换各自买的东西，没有一个人抱怨。现在想来，那时候人是多么容易满足。

十几年之后，开车路过白沟，在高速上看见这样一个指示牌忽然产生了好奇，于是一拐弯开了过去。如今的白沟依然沿袭了各种商品的批发血脉，不同商品在不同的楼里，精品店也都很有规模，箱包依旧便宜得能让人吐血，但记忆里人挨人、人挤人的壮观场面早已不见，我也再没有了任何购买欲。

出国前得做足准备

我脑子一热,打算带着老的小的出趟国,他们还没去过不说中国话的地方呢。因为太着急,要赶在孩子开学前回来,所以不能走太远。有天上班,发现一同事电脑里的照片特别好看,一扫听,人家说那是巴厘岛。确实景色不一样,倍儿神秘,跟随便进个山洞里面就能遇见复活过来的木乃伊似的。我立刻拍板了,咱也去见识见识。

于是我网上买了一堆去巴厘岛的书,然后联系旅行社。一女的接的电话,特别热情,电话里就导游开了,而且还告诉我去哪儿打货便宜。我问,跟团,我能住农家院吗?对方大惊,告诉我旅行社安排的都是五星级酒店。可我还是觉得我那同事住的印尼农家院不错,主要她说特别便宜还管早点。

但旅行社告诉我,按我的时间安排,能坐上飞机就不错,几乎没有时间去挑三拣四。后来我一想,带着老老少少还是跟团吧,于是把心一横,定了!旅行社给我铺天盖地发来了旅行指南,我像在自选超市一样，先挨个打开，忽然发现，全是普吉岛的指南，没一个巴厘岛的。我再打电话过去，旅行社大姐说，巴厘岛，你为嘛去巴厘岛？普吉岛近，你先去这个，试试受得了飞行时间那么长吗，如果觉得行，明年再去巴厘岛。太人性化了，替我把明年干嘛都安排了。

甭管什么岛，我就问了一句，是出国吗？对方说，是。我说，行。

我妈一点也不领情，她说就想在家看电视，而且认为国内的景点都没走过来，为什么要去国外？可这玩的事又不是挂号才能看病，也没什么先后顺序。给她做思想工作做了好几天，直到我说，那么多钱就是不去人家也不退了。我妈这才极不情愿地说，那就去吧。

她是个对生活认真负责的人。自从决定出国，我妈成天开着电视，看的全是没翻译过来的美国大片 DVD，都是警匪片。就算做饭，电视也开特别大声。我关了，她特别不乐意地说："我学英语呢！一个个的，连人家国的话都不会说，去那多自卑。"别说，我妈还真学了几句，比如"Police, Hold it！"我说咱又不去维权，学点儿类似"我是警察，不许动"这样的话再让人家给咱抓起来。咱花钱旅游，也不去除暴安良。我妈又冒出一单词"Fuck"，好么，给我吓得，赶紧告她千万别说。一老太太，满嘴脏话，太有损我们的形象了。

在我妈疯狂英语的时候，只要家里进个人，就必须说英语，创造语境。我儿子说的满嘴都是迪斯尼动画片里小怪物味儿的英语，拿腔作调特别不正常。而我，会的几个句子全来自于中学时代自学的几首老掉牙的英文情歌，都是你爱我，我爱你，你不爱我，我受不了等等极其不着四六的破玩意。三个人用三种风格对话，确实很具有喜感。紧张的学习气氛，一点不像去旅游，好像马上要参加四级考试。

我心话儿，这亏的只是去泰国，这要真去美国，还不得提前几年就上英语口语培训班。我们一家走在北京机场，也像华侨，中国话都快说不利索了

英语的事就那么样了。有天我妈几乎把一堆衣服鞋全倒腾出来了，我以为要支援灾区呢，她说，要穿件能体现国威的衣服。我说，那只能去体育用品柜台买件"李宁"了，胸口还必须有"中国"字样。最后选来选去，你猜怎么样，她选了双厚底儿凉拖鞋。并且我们一人一双，去扬我国威。之后的工作，更可笑，工工整整拿出一沓裤衩，说要挨条缝口袋。我说，咱能有多少钱啊，要不就把一条缝成子弹袋得了。哪条裤衩都有钱，这事也太可怕了，一想我都不敢游泳了，必须看好大家的裤衩！

祝我们一路顺风

因为是出国,我妈认为道儿太远,到机场,突然拉开她的大旅行箱跟变魔术似的掏出一个大塑料袋。然后,追着我们说:"吃吧,快点。"我一看,好么,一人一套的煎饼果子,还有四个大桃,一袋榨菜。我们在前面疾走,我妈在后面一路小跑,举着塑料袋催:"吃啊,别都让我拿着。"我们说"扔了!"毋庸置疑。这都快上飞机了,谁坐那一个劲儿往肚子里塞东西啊,太丢人了。我妈还真行,边走边吃,最后听后面心满意足地发出一声叹息:"没浪费,肚子都吃硬了。"

终于上了国际航班,因为早晨起得太早,我迷迷糊糊睡着了,飞机飞呀飞呀飞呀,离开首都咱这就奔曼谷了。忽然,我妈摇晃我,我一边醒盹儿,一边想,该发饮料了。这时候,我妈问:"你们报纸能报吗?"我心话儿,嘛事啊,就算有新闻也归曼谷报纸了吧。我问:"咱到曼谷了吗?"我妈说:"你睁眼往下看看,咱又回北京了。"哎哟,我心里全都是惊叹号!都飞一个多小时了啊,我又回到了祖国母亲的怀抱，当然，压根就没出怀。

这时候，广播里一男的，特不专业，磕磕巴巴地说着类似闽南话的一种话，这就是泰国话？第二遍，是英语，那水平跟我差不多，中国人不懂外国人不明白。我妈一听就急了，自己在那叨咕："这是聊天呢，还是说事呢？怎么这么不正经呢？"第三遍是一女的，告诉大家，机长刚才说，十五分钟后，飞机会降落到首都机场，具体安排得听机长的。

我妈很生气，说以后就不能坐外国飞机，装一飞机中国人怎么就不能好好说中国话呢？咱们的飞机，空姐多热情，总走来走去，他们这飞机连个人毛都看不见。机长也不出来跟大家当面道歉，他当自己开汽车呢，走哪算哪，开俩路口发现没带东西又回来拿。

当飞机上的几百人越来越不耐烦的时候，那个说话不利索的机长又开口了。我们都听明白了，他开着开着，发现油的液压表异常，就赶紧往回奔，你猜怎么着，说电脑系统要重新调整，得加半个小时油，合着忘加油了？我终于深刻理解什么叫"飞来飞去"了。

我前面的人在合计，提前订的房钱是退不了了，夜里十二点肯定无法入住。为了安慰大家的激动情绪，电匣子里说先发小茶点。可发到手，就一人十五粒花生米。连我儿子都急眼了，怎么那么抠呢？还国际航班，我们村八百年前赶马车都不带对乘客这态度的。

凉水就着花生往下送。给我饿得，眼都快蓝了。我妈特别内疚，因为就她不饿。她说："让你们吃非让我扔，幸亏我都吃了，能扛到明天早晨。"

送饮料的又来了。也不知道什么规矩,除了高高矮矮的酒瓶子就是白水,我跟服务员大姐说"咖啡?"摇头,"牛奶?"摇头。我都是拿英语说的,可大姐用中文说:"听不动(懂)!"太激人火了。一个朋友听说我又回北京了,立刻代表全国人民祝福我在天上玩旋转木马。这会儿,我更火往脑袋上撞了,拽过服务员大姐用迪斯尼味儿的英语说:"我要吃饭!我很饿!"服务员很客气地笑着点头,不一会儿,匣子里说,马上发饭。我立刻就高兴了,头回高兴点那么低。可几百号人,我们等啊盼啊,终于快到我们了,机长冒出来说:"马上进入一段强气流,暂停发饭!"心里直接骂大街了。半小时过去了,服务员就像忘了这茬一样,开始收垃圾了。我儿子说:"我要饿死了。"后面的人也急了说:"你们刚才说能吃饭的时候我就把糖尿病的药吃了,现在药劲儿都快过了。"

可算混上口饭了。当我再次从睡梦中惊醒的时候,发现土土不知道什么时候找服务员要了杯红酒,正拿手掏杯子里的冰块儿。我大惊,土土解释说:"我找阿姨要可乐,她就给我这个。我太渴了,只能吃冰块。"

手机里,我所有的朋友,都祝我一路顺风。

咱也是外国人了

饭局上经常有不太熟的人在一起搭讪,问我:"你一般喜欢吃什么?"我说:"馒头抹酱豆腐,或者大饼鸡蛋里头放咸菜的那种。"面对着一桌子的用萝卜花西瓜皮装饰的菜品,我此言一出,大家都愣在那,好像我故意把自己从高级佳肴的气氛里择出来,为显示特立独行。所以,我发现实话经常是伤人的,于是总提醒自己得装着点儿,多说配合气氛的话。

对于这样的江湖规矩,我妈是认可的,她觉得甘当捧哏角色是对别人的尊重。本着这样的心态,当我们被拉到泰国一SPR会馆的时候,我妈本来誓死也不进去,她说自己全身都是痒痒肉,受不了别人东摸西摸。但最终禁不住导游的劝导,因为带队的人动情地说那些服务大妈是没有工资的,只能靠小费,都不去,人家怎么养家糊口呢?我妈救苦救难的精神头儿来了,不就是花钱吗,走着!

泰国管年轻姑娘叫"水晶晶",而SPR馆里的都一水儿老晶晶。

我们用浅薄的英语分辨着里面人的指令，从眼神儿里能看出大家的茫然。一群女人围拢在老晶晶身边急切地问："脱还是穿着进去？"老晶晶说："先冲冲水。"园子很大，跟大观园似的，冲凉的地方就在树下，一格一格倒也逍遥。很快我妈就不见了，我左等右等眼看二十分钟了，只能冲洗澡间挨个喊"妈"，这样的排查很有效果。我妈一身沐浴液，我特好奇怎么还没洗完，她说："多洗几遍，要不人家搓的时候一身泥儿，多给中国人丢脸啊。"真实在！

我带着她一路摸索到一玻璃房子，老晶晶示意进去，我问这是干嘛的，她说："蒸。"我无限同情地看了眼我妈，她倒很勇猛地催促我快进去，别给人家费电。

我拉门进去，比咱这边的汗蒸馆劲儿大多了。简直互相都看不见，蒸汽那叫一个烫。我赶紧把门坐着，指望缝里露点凉风。我妈明显没看见我坐哪儿，自己径直就奔最水深火热的地方去了，没一秒钟就开始呻吟。我大呼，冲过去把她拉到门口，然后推出去。老太太绝对受不了这个，我待了五分钟就觉得自己都快熟了，那叫一难受。最后在我的带动下，一屋子人没扛够时候全出来了。我们强烈要求直接进行下一个程序。

老晶晶开始给我们发小木牌儿。可以一个人一屋，也可以两个人一屋，男女混搭没人管。被叫到号的，光着身子围着块布一溜小跑，跟按摩师找自己那间屋子。我妈一手抓着胸口那点布，一边说："这怎么跟见皇上似的，先让你洗干净，还不许穿衣服。被人带着，满花园晃悠。"来此享受服务旅游团里的那些围着布的男男女女都很紧张，互相用余光扫。

我跟我妈被带进一个屋。老晶晶用中文说："脱光光！"我看见屋里还有个浴室，就问还用再洗一遍吗，老晶晶摇头。我们就赤条条趴床上了。我妈非常入乡随俗地人家问什么，她都回："OK!OK!"弄得老晶晶也很茫然。

我跟我妈说："她问轻点还是重点？"我妈特别客气地用泰语说："抱抱，抱抱（轻轻的意思）。"我那个惊叹啊，老晶晶还真就不下狠手了。而我这儿，被她又撅又掰，身子都快断了。反面揉完揉正面，人家很人性化，怕你觉得不好意思，干脆用一黑布把眼睛蒙上，上面还放一沙袋。我们抹了那一身的精油，我起来对我妈说，咱洗个澡吧，一身油再把衣服洇了。我妈说："别洗，多滋润啊，都反光了。"后来我衣服后背就一片大油印子。

到车上，我问坐我前面一小伙子："你们那惊险吗？"他调整了坐姿，面冲我，一边挤咕眼一边描述，估计可等着人问了（此处省去上千字）。我们哈哈大笑。私人的尊贵体验一次管够。

我很喜欢这句印度名言：无论你遇见谁，他都是对的人。无论发生什么事，那都是唯一会发生的事。不管事情开始于哪个时刻，都是对的时刻。已经结束的，已经结束了。

现在还有用"默默无闻"夸人的吗?那些个暗恋我的人啊,你们怎么就能那么沉得住气呢?

第四辑
你的笑对我很重要

才艺表演必须一鸣惊人

特别羡慕那些不怵头起哄,让才艺表演的时候很大方地站那儿就能来一段的人。有一次儿子灰头土脸地回来,我一问,敢情是学校让每个人表演一下特长,对于一个画画永远没章法、讲笑话到一半经常自己先笑得说不出话、唱歌总跟念顺口溜似的、什么乐器也不会、任何奖项全无的小朋友,明显很挫伤自己的自尊心。但据说他还是上台了,给大家表演跳绳,没几十下就把自己差点儿绊个跟头,让下去了。

回家的时候跟我说,他特别荣幸,我心话儿,一小屁孩能有什么荣幸事儿啊,校长也不会接见他。他说:"我跟谁谁谁走了一路,她什么才艺都会。我简直太荣幸了!"儿子表现出了对艺术家女同学的无限仰慕。经过俩人的深入聊天,土土打听出人家女孩是因为上了各种各样的小班才掌握了无数才艺技能。土土回来就让我也给他报小班,按艺术家女同学的模式来。

我一一给他分析，钢琴吧，太大，咱家根本没地方放，咱学点能随身携带的，他问学什么，我说："口琴吧，揣口袋里就闯江湖了。"并且打抽屉里翻出我小时候的口琴，鼓着腮帮子一通吹，最后满嘴铁锈味儿。土土拿过口琴，闻闻，扔床上了，说："吹这个太费口水。"

正好朋友有把断了弦的吉他，我那么心灵手巧，把弦全装好，也算是件乐器了。然后土土把周杰伦的大宣传画贴满墙，这就要奔才艺之路去了。报了个吉他班，坐那一看，没一个他这么大的，老师以为我是学员呢。一上手才知道，这小朋友连琴颈都抓不过来。老师很认真，每次又弹又唱就教一首歌《春天里》，弄得我们俩每次边骑自行车边哼哼"如果有一天，我老无所依，请把我埋在，埋在春天里"，撒下一路歌声一片情。

因为我们不分场合地瞎哼哼，让我妈很不满意，她觉得我带着孩子上个小班学首自己咒自己的歌非常不吉利，坚决不让上了。她认为，才艺表演必须一鸣惊人。我说："咱也不打把式卖艺，也不指望考试加分，玩玩得了。"可老太太往心里去了，满处扫听哪有能一鸣惊人的才艺培训。

终于有一天，她早早就走了，再回来的时候包里塞了好几根长长短短的麻绳。饭后，她敲着碗对我们说："你们都坐好了，给你们露一手！"我们异常兴奋，以为又有饭后甜点等新花样呢，一干人等悉数排着个，特别规矩地在沙发上坐好。我妈在包里一把一把地往外掏绳子，因为在众目睽睽之下，明显准备不足就开场了。她抓着绳子自己躲进厨房鼓捣了一会儿，在里边自言自语："表演都得在背人的地方先准备准备。"我们这才知道,她报的魔术班已经开课了。

我妈的汇报表演主要是针对家里这些未成年的孙男嫡女,她学成后在家里再给我们开培训班。我妈晃荡着三根绳子故弄玄虚,她每说一句,我们就热烈鼓掌,跟起哄似的。不过,说实话,她把一根绳子变成三根,又把三根绳子变回一根,而且绳子一会儿出现在她手里,一会儿出现在沙发上,还真神了。弄得大家群情激昂,都要拜她为师。

我妈说了,下次就教我们怎么在空杯子里变出酒,打袖管儿里飞出鸟,以及从手心里抽彩条旗。我问:"能把碎纸变钱吗?"我妈说,魔术不是魔法。倍儿有哲理。

才艺,这东西挺挤勒人的,各个家庭为了孩子都在自己对自己恶补素质教育。

不知道往哪儿瞄准

有时候怎么觉得养孩子跟要上斗兽场似的。每次考完试后家长会上，那大喇叭里的气氛都极其紧张，提醒坐在小椅子里的大人们，不是你孩子一个人在战斗，他身边埋伏的同伴都是潜在的对手，好学校的名额就这么几个，少考 0.5 都能落后很多名次……战壕里全是各怀心事呈匍匐状的家长，就算发你一支枪，你都不知道往哪儿瞄准。

我脑子大多数时候转得比较慢，正走着，一位无所事事的大姐跟上我，问我孩子上几年级。我目光涣散地回答完，她立刻得到了共鸣，拉着我干脆守着一个路灯杆子聊开了。两个无所事事的中年妇女手里攥着一大把没地方扔的小广告，烈日炎炎也不回家做饭，忧心忡忡地关心起各自孩子的未来。

五分钟之后，大姐介绍了周边中学的录取情况，我简直觉得她就是代表教育局解我心中疑惑的，我问她："不是说小升初不考试了吗？"那大姐一巴掌拍在灯杆上："以前起码就最后一年冲刺一下，现在倒好，四五年级开始，考分都记入档案，你哪次考试失误都不行。以前是全区大排名，分到哪个档就能上哪所学校。现在是重点中学给你分几个名额，只有全校排前面的人有择校的权利，剩下的就都大锅端。"我又提了一个弱智的问题："不是现在不提倡排名吗？"那大姐立刻不想跟我聊了，直接给了句："您平时不管孩子吧？"

经过了深入探讨，我才弄明白小升初的政策。那个大姐说为了让孩子上重点小学，双方的老人给钱，他们自己又贷款买了学区房，日子虽然过得紧巴巴的，但为了发扬"孟母择邻"的精神，好歹让孩子上了重点校有个好的教育环境。可是按目前的规定，虽然重点校里的人乌泱乌泱的，但和其他普通小学享受直升重点中学的比例是一样的。也就是说，你在重点小学学习非常好未必能上好的中学，而在普通校若成绩突出的话，直接就进重点了。这是让很多家长窝火的地方。

那位大姐的孩子学习很好，却还在为三门功课一共扣了 5.5 分而伤怀。我说你有什么对策？她说："想下学期把孩子学籍转到普通小学去。"我仰望蓝天，离她的孩子小升初还有三年呢。

我一直跟身边的朋友预测未来几年一定会迎来更多孩子的出国潮，这么看，转学潮没准儿要提前开始了。相对于几年前，那些住在重点小学附近学区房里人们的心满意足，现在是不是换成了惶恐。

我觉得跟工作比，孩子每天上学应该给高工资，全勤还得给奖金。他们的童年就像个正在成长的苹果，被罩上统一的模子，到收获季节无论大小红绿，个个身上写着"福禄寿喜"。

一个朋友说，就孩子价值观的树立、抗挫折能力的培养上，如果父母能向孩子传递"不争第一，做唯一"的理念，会更有意义。让孩子处处都争第一，学习第一，钢琴一流，百米冠军，现实吗？做唯一！我就是我，生来就是原创、孤品，干嘛非要去做山寨、赝品？

可是面对没还完房贷的家还被钉在学区片，面对强大的应试教育，你跟谁叫板啊？家长先努力成郑渊洁吧，要不，你也没资格要求人家孩子必须成为人尖儿。因为，做孩子最失败的，就是既厌恶父母设计的人生，又怕走错路辜负了父母的期望。

生活在作文里的一家人

生活就是一条大河,哗啦哗啦每天都是似水流年的声音。

在十几岁的时候,只要看到那些满脸疲惫的中年人蹬辆破自行车,后衣架上驮个孩子,我就觉得这早出晚归的人生是如此灰暗。可是一晃自己也被光阴拖进了中年,经常早晨猛地醒来已经快七点了,一边儿催促孩子赶紧起床,一边光着脚冲进厨房。当蓬头垢面的母亲飞身而上自行车一路按着车铃铛狂骑,到学校门口,看着儿子敬了队礼入校,我的心才踏实。那个小身体消失在楼后,我悻悻回家赶紧洗脸刷牙。镜子里,我发现我就是那个少年时非常不屑的中年人。

母爱很深情,因为深不见底,所以你能看见的只有平静,和偶尔被风扬起的小波澜。

孩子,是生命中的礼物,在你毫无准备的时候,礼物就送上门了。孩子小的时候还好办,多半是个宠物,给吃给喝自己有块破纸都能撕着玩半天。有时候我把他装在篮子里，拎着在花草树木间晃悠着，权当一起健身了。可大了，上学了，他的小宇宙就爆发了。原来倍儿好养的孩子变得不听话了，最大的冲突来自于"学习"。你要多让他写几行字或者做几道题，先得哭一抱儿，这像个仪式的开头儿，哭个十分钟二十分钟，看看我是否在这个过程中扛不住先妥协。

　　有时候急得我没辙，也不能动手，苦口婆心地劝也不管用了。后来我只好用苦肉计，抄起他的塑料尺啪的一下抽在自己胳膊上，倒是不疼，但特别响，而且马上就有了红印儿。他明显被我的举动惊着了，也不哭了，定睛看我一会儿，然后抢过尺子说："妈妈，我写还不行吗，你别打自己啊。"听他这么一说，我眼泪差点下来，多感人啊。我赶紧蹲地上，拉起他的手说："我也是第一次当妈妈，没经验，你能原谅我吗？"儿子点点头，细胳膊搭在我脖子上，母子相拥。这时候听见我妈在门后高声断喝："你们俩演韩剧呢！耽误什么时间，不看看都几点了，赶紧做完题睡觉！"我跟儿子一挤眼儿，各自迅速干正事。

　　生活是喜剧。因为有了孩子，让这幽默来得无法预测。

　　有一次老师布置了作业，让以"母爱是伟大的"写三百五十字。他在那狂翻作文选，我站在他面前："你不觉得我每天跟你哥们一样，就很伟大吗？母爱的感人就在于细水长流，润物无声。"他连理都不理我，说："你这样的母爱，要写出来，绝对得'不合格'。"后来我阅读了他的高分作文，说他妈妈腿瘸了，在一个凄风苦雨的早晨，他看见母亲在黑暗中艰辛挪步的身影感动得哭了，母爱是多么伟大啊！我说："你能编得再像高尔基点儿吗？你倒没说你母亲靠拾毛蓝把你含辛茹苦地养大。"

不过回顾我的小学时代，作文也全都是瞎编的，我写得最动情的一篇，是我的妈妈因为家里穷把我送给了别人，后来又把我失物招领的故事。我们一家人都以不同角色生活在作文里。在一起，就是幸福。我喜欢这一路而来仿佛环佩叮当的小幽默，它几乎成了我和我的妈妈每天回味相对而笑的乐趣。这是生活最质朴的原图，根本不用 PS。

人在阵地在

很多话真不能随便说。我刚跟几个热衷嘘寒问暖的人感慨:"我们孩子最近还真没怎么病。"当天晚上土土忽然问,咱家体温表呢?这句话,就跟考试没作弊却突然被没收了卷子一样,没来由的惶恐。等体温表到我手里,已经三十八度多,半小时以后,三十九度五。我就跟一个独守阵地的士兵一样,翻箱倒柜扒拉弹药,各种退烧药、感冒药摆了一桌子,尽管这些药的疗效我都烂熟于心,但还是特别认真地又看了一遍。

在我看药方子的时候,体温表的温度超过了四十度。我抄起"美林"倒了十毫升,土土还死活不喝了,说闻药味儿恶心。这眼瞅着敌人攻上山头,战壕里俩人连打还是投降都没商量好呢,那怎么行。我急眼了,说你要不喝咱就医院输液去。土土说:"我不去医院,我明天还得上学呢。"还真拿上学当回事儿了。我这怒从胆边升,他天天上学,也没见学习好过,这会儿来劲了。但你能跟一个发烧四十度的孩子急眼吗？不能。那就得接着做思想工作。我把满脸的哀求收起来，横眉立目跟逼供似的嚷："你到底喝不喝，去不去医院？"土土一般没见过我这么狰狞，识趣地问："不吃药，会死吗？"我很郑重地说："不吃药，你也许死不了，但我一定活不成了。"

这样混乱的逻辑震慑了小红脸儿孩子。他立刻打床上爬起来，喝了退烧药去医院，从始至终都无比从容，临走还对着镜子摆弄了一下发型。反倒是我失了慌张蓬头垢面，抓了一大把钱塞进书包。

半夜，医院里跟发售国库券似的，那些人啊！把土土安抚在一个椅子里，我开始楼上楼下疯狂奔跑。儿科在四楼，挂号缴费在一楼。急诊，一样的国库券流程。都急，无法分辨谁更紧急了。在挂号的队尾排了一分钟，发现没半小时根本轮不上。我把心一横，迅速走到每一个比我更靠前的人面前说："我孩子高烧四十度了，麻烦你让我先挂个号行吗？"没人理，我就当是大家默许了，径直走到窗口的第一个，跟排在那的人又说了一遍苦衷，那人扫了我一眼，交完钱走了。我迅速把手伸进窗口，挂了号。然后给这个默许了我绿色通道的队伍深鞠一躬，谢谢大家。

我挂的是二百多号，到楼上侧耳一听，才到六十多号。天啊！小红脸明显扛不住了，身子歪在椅子里。我说，咱进去看病。他说："没叫我名字呢。"我拉起他滚烫的手就往诊室里进，大夫都没抬头，让先去验血。于是，我们又穿过狭长的楼道、楼梯到一楼，继续等待。

医院是锻炼体能的地方，一个地儿离一个地儿非常远，而且每一项都让你缴完费再来看，真是好买卖。等我们拿着化验单再进诊室的时候,大夫瞟了一眼挂号条,拿圆珠笔敲着病例本说:"没排到你呢,怎么能提前那么多呢?"我把积攒了一晚上的怒火往下压了压,这时候,小红脸听明白话了,觉得我的行为非常丢人,跑这来加塞儿还被人说,他拉着我就往外走:"大夫不让看,你就出来排着吧。"我看大夫第二眼的时候眼睛里已经全是眼泪了,我哀求了他三句,在我没说完第三句的时候那大夫说:"行行行,快点吧,先给你们看。"

当我再次出现在缴费大厅的时候队伍依然呈国库券阵形。因为孩子吃进去的退烧药在起作用,尽管焦急还是排起队来。可是,一会儿一个加个的,一会儿又一个,让本来就缓慢的队伍几乎停滞了。当一个老太太站在我旁边往我前面挤的时候,我一把拉住了她。她回头说:"我就买一支药,快!"我用千夫所指的眼神盯着她,从牙缝里挤出几个字:"别在我前面!往我后面夹个儿去!"老太太听话地站我后面了。

此后的一个多星期,我们一直在病房里。持续的高烧,让大人孩子都筋疲力竭。但有的家长还真行,孩子一输液,俩人就玩牌,连大夫换液的那会儿工夫都不忘叮嘱一句:"别动我那俩蛤蟆啊!"

时时有朋友打电话来,鼓励我顶住了。我说:"放心吧。人在,阵地在!"

他们就是未来的我们

我妈除了长得老点儿，心态全是"冬日恋歌"型的，一个韩剧看好几遍从来不觉得烦，只要电视里演，她准捧场。所以，她一早邀请了闺蜜一起吃饭看电影就显得很寻常了。我认为她友谊万岁的时候就不会来查我的岗了，所以，早晨起来也没铺床叠被，吃完早点的东西都摊在桌子上，地上扔着练字的废纸团，我斜躺在沙发里，俩脚搭在沙发扶手上哼哼唧唧唱着歌，边吃巧克力边看小说。时不时瞄一眼表，盘算着什么时候起来打扫房间旧貌换新颜。

我正光着脚在屋里闲得难受地耽误时候呢，突然有人敲门，以为快递，一边应着一边拿脚打沙发下面钩拖鞋，外面还挺急咣咣咣敲得倍儿带劲儿，我就钩到一只，只好单腿儿蹦到门口，打猫眼儿恶狠狠往外一看，吓了我一跳，我妈阴着脸站在外边，幸亏她闺蜜没跟着。我赶紧笑脸相迎，心里打颤，我那屋子比牲口棚都乱。赶紧转移话题："电影怎么样？都说特感人。好看吧？"

这句话特别有威慑力。本来人家抱着炸药包来的，你接过来立刻找打火机把芯子给点了，就那效果。我好多年都没见我妈那么气愤了，看样子中午饭是给省下了。

我妈跟闺蜜看的电影讲的是一个保姆的故事。那场就她俩用行动支持了国产电影，大屏幕底下就俩老太太，没别人看。电影讲的是这保姆给一家干了六十多年，忽然中风了，要求去养老院，被她从小带大的这位爷出钱给她送养老院去了。保姆在养老院里又中风又胆结石又肺气肿，然后死了。我不识趣地说："一般电影里又病又死的，得多感人啊。"我妈说："讲的是冷漠！"我低着头，可不敢再吱声了。

我妈把我拉到厕所门口，指着里面："养老院所谓单间是拿木板隔开的，连十平米都没有，就一张床，没卫生间，这还五千块钱一个月。"我心话儿，这不是拍电影吗，又不是售楼处。我妈把厕所门咣一摔："里面老年人每天就坐在过道儿那么大地方，大眼瞪小眼儿傻愣愣待着。老年人看了这电影太悲凉了，特别是得了慢性病的老人。有子女的不愿意管，没有子女的更得孤单地离开这个世界。我太气愤了，真不知道这电影感人在哪儿？"看老太太这劲儿，估计她闺蜜也被电影伤害了，俩人都各自到家了，还打电话信誓旦旦地约定以后只看引进大片儿。

我没看过电影，所以也就不对昂贵的小单间发表意见了。其实，我特别向往老了以后的生活，要是有个老年公寓大家都有独立的空间，还能在公共空间一起晒太阳聊天儿，到饭口有人给做饭，营养

他们就是未来的我们

师搭配的饭菜还能纵容你在里面随便挑食，最主要的是，不用自己做饭不用自己刷碗，连收拾屋子都有人管。要是病了，还有大夫巡查。身体好的时候，可以到处旅游。这日子简直是人间天堂啊。但我妈被一场电影打击之后对我说："你就别做白日梦了。赶紧给我们老年人写本书吧。"我说："那我还是先练练写韩剧得了。"

　　人大概都愿意给自己留个台阶，我年轻那会儿，一说谁三十岁，我看人家的眼神儿都变了，三十岁得多老啊，人生美好时光已经全没了。搁现在，看见八十岁的我都由衷地夸："哎哟，您太年轻了。心态也就二十多。"我怕直接说人家像二十多的，老头老太太再跟我拍桌子。但说实话，现在的老年人真的一点儿都不老，只要心态年轻，那精气神儿打骨子里就冒出来了。他们就是未来的我们。谁也别打击他们!

等着给幸福扶贫

有些地方会把地名弄得很唯美,我记得有个特别小的火车站,叫"幸福",很多人坐着慢慢腾腾的火车就为了去跟那个站牌合个影,无论是清晨还是午后,透过"幸福"车站的阳光,人们拍出来的照片都那么美好。可你转回头再看,好不容易挤上首都地铁一号线,连呼吸都得提着气,再看到的那地方——"公主坟"。每次在北京挤地铁的心情都跟扫墓似的,大家在地底下摩肩接踵面无表情。

幸福在哪儿?幸福的概念就跟问"一分钟到底有多长"的概念是一样的,那得看你是在厕所里面,还是厕所外面,还得看你带纸没带纸,以及抽水马桶坏没坏。条件很多。

有一天晚上,带儿子下小班回家,他刚从公共汽车上下来,一辆根本没减速的庞大的电动自行车冲过来就把孩子撞到车下。那幼小的身体几乎被车盖住了,只看见嘴边的血喷涌而出。瞬间,时间是凝固的。当我魂飞魄散地把孩子抱起,那个撞了人的大爷却一溜烟地发动车就跑了。围观的人站在一旁窃窃私语，当时我觉得，这人世间原来是如此冷漠。土土起来时说："别骂那个爷爷了，就当是我不小心自己摔的吧。"

我的车几乎就是120，最近的医院不收，到了儿童医院挂了急诊。急诊，前面居然也有四十多人。本来我还想用苦肉计去哀求前面的人，能不能先处理一下孩子的伤口，站住了一观察，还是退回来在椅子里等着吧。每一个，都是生死攸关。一个小女孩被急救车送来，大夫只是碰了碰就说："够呛了，先拉走吧。"孩子的身体很小，躺在板车上显得那么孤单。她的家里人呢？

凌晨两点半，大夫给开了核磁共振、全身CT等检查项目，这是最全面最昂贵的排除法。大夫一边开单子一边说："你别以为那个撞了人的人回家就能安心了，一个孩子浑身是血，这就是他心里的噩梦，他摆脱不了。"在口罩中的那张脸，忽然变得亲切了。她推了一下刚开好的处理伤口的单子，说了两个字"万幸"。

当那个满脸是伤的孩子重新回到我的怀抱，"万幸"就是最大的幸福。

那天晚上的情景很久都没法从我的脑子里抹去，那么多的大人，面对一个幼童为什么能表现出如此的冷漠呢？这得内心多强大啊！后来我问土土，要是你看见有人被撞了，你怎么做？他边玩游戏边说："救人啊！没人管，多可怜。"也许这个回答是生命中最本真的反应。

前几天，单位几个同事一起吃饭，一个同事说："明年我还得再找一笔赞助，把'幸福计划'继续做下去。"我满脑子里都是"送温暖"

的景象，那个同事说："你能想象家贫是什么样子吗？"怎么会不能想象呢，生活呈现在不同生命中的样子总是不一样的，没有谁一出生就成了富二代，更多的人要顺从社会的规则一步一步努力。后来，同事给我看了他们执行"幸福计划"的视频，我忽然发现，在我们很多人的内心，善良、有责任感，这些生命中本真的反应，是那么生动明媚，让我看见满目的暖色。

给密不透风的十平米小屋送去一台空调，带从来没进过市区的孩子看看城市新貌，给足不出户的大爷送去一个微波炉……这些计划很小，但爱却很浓。视频里，生存环境是暂时的，但大家脸上的微笑是持久的。那笑容，名叫"幸福"。

在这个世界上，人与人之间是需要相互取暖的，"幸福计划"，为荒芜的内心扶贫。

春运是一场温情戏

很多人痛恨春运,但我觉得这声势浩大的人类迁徙几乎就是传奇,能参与其中是件幸运的事,说明你有牵挂,说明你还有故乡。

早年间,春运这个词是被"回老家"替代的。在我的记忆里,没有故乡的概念,只是偶尔听父亲在春节的年夜饭的时候笑着说,小时候带我回老家,坐完火车坐长途,下了长途要在路边等亲戚的驴车,车上扔着很厚的棉被,我们就被一路裹着,颠簸着运到家,即使那样,脚腕子还是生了冻疮。故乡,在父亲记忆里,却不在我的记忆里。小的时候,甚至羞于向同伴提及我在农村还有亲戚,所以尽力地抹去这一幕,好像我就是个土生土长的城市人。因为爷爷奶奶去世早,也没有什么必要一定回乡,连父亲都像个城市干部一样很少说起故乡了。

直到,在父亲临去世的几个月前,在医院里的他却突如其来地要求"回老家"。我不知道大部分时间都在沉睡中的他到底脑海里涌

什么叫生活气息，就一个字——"乱"。干干净净的地方不是宾馆就是殡仪馆，但凡有生活痕迹的地方都透着一股热闹的乱劲儿。所以，如果谁说你屋子乱，你告诉他，这是生活！

很多曾经很熟悉的人跟我们失散了，即使他们的名字还在手机的联系人里。时间总是特别冷静地告诉你一切真相。有些事情，要等到你渐渐清醒了，才明白它是个错。美丽易逝，傻气长存。

现了怎样的景象，只是故乡越来越清晰，村边的大树，大沙河里的鱼，以及院子里的地窖等等。

也就是从那一年开始，我与故乡的联系开始了。在春运来得最强烈的时候，我投奔车流，开车回家。尽管那时候父亲已经不能独立坐着了，但半躺在副驾驶座上的他表情特别轻松，还面带微笑。高速堵车非常正常。看不见头儿的车流，我急得一会儿下车，一会儿上车，只有父亲安慰我说："别着急，一会儿就到家了。"家，在他心里是美好的乡愁，跟镇静剂一样。

光天化日，路上一马平川，内急是最大的挑战。男的就跟别人都是瞎子似的，站在铁护栏处该干嘛干嘛。我跟另一个女的，憋得都直不起腰了，高速下面是个土坡，孤零零的几棵树还没多少树叶子。同病相怜，我们勾着背跟想坏主意似的两眼到处撒么，看哪能解决内急问题。越看越绝望。她用肩膀碰碰我，往不远处一指，好么，是几座坟。别说，我根本没胆子往那边走，估计走半道就得吓失禁。我使劲摇头。

倒提着气走回车里，窝在车座上不动还能保存点毅力。这时候，我爸指指身上的毛巾被，"用这个。"我咬了咬牙说："太丢人了，我还能忍。"我爸说："你能忍，她不能忍！去吧。"我爸当兵出身，语气平常却毋庸置疑。我看见车窗外那姑娘已经蹲地上了，憋得脸色煞白。我拿着毛巾被，向旁边车里的女的求助。于是，几个人集体翻过围栏，用毛巾被、棉衣、车座套围出一个天然 WC。知道的是上厕所，不知道的以为有女的要生孩子呢。

出的问题解决了,进的问题又来了。因为经验不足,带的干粮和水很快就消耗完了。附近村民提着高价的给养诱惑着你的胃口,幸亏父亲明智,早点没吃完的两个豆包还带着呢。就这么点干粮,我们还互相推托。但再艰苦,对于父亲而言依然是幸福的线索,他倍儿平静。知道一旦上路,故乡就不远了。

　　后来,父亲真就永远留在那片土地了。因为当地有土葬的风俗,所以叶落归根真的与泥土融为一体了。每一次跪倒在坟前,隔着黄土的薄凉,你是否能感受到我的温度?也就是从那一年开始,故乡离我也近了。尽管遗留在那片土地的亲戚越来越少,更没人要求我在春运的时候回家。但不回去,总觉得不安。

　　故乡是什么,我也说不清楚。可是每到这个时候,看着拿着大包小包的人,就觉得格外亲切。他们有牵挂,有要见的人,有等待,有期盼,再远,是为了走近。所以,春运是一场温情戏。

孩子，你幸福吗

我们应该蹲下来轻声问孩子："你幸福吗？"

在网上看见幼儿园老师因为孩子答不上问题就能立即狂扇几十个耳光，气还没消，又目睹女老师双手拎着孩子的俩耳朵愣把小男孩给平地揪起来了，还另有老师笑着拍照。有网友回复："我要是有血性的父母，我就……"我们骨子里的血性，确实都被激怒了。为什么总有个别老师一次一次挑战我们的容忍底线？

我可以容忍老师在外面开小班，我可以容忍老师对孩子有成见，但我不能容忍老师欺负幼小的孩子。

如果这只是极端的例子，我们还能松口气，但其实更多来自学校的暴力体现在日常的语言上、态度上和罚写作业上。我至今都能感受到内心来自年少时期对学校的恐惧，记得有一次因为没按定量完成词语的默写，老师命我匍匐在高于地面的讲台台阶上每个词再默写二十遍，当时不懂得这是侮辱，只是觉得那么趴着很丢人，于是选择主动站教室外面,我的班主任说:"告诉你家长,别来上学了。"我真的在外面晃荡了一个多星期,直到被家里知道,又把我重新押回学校,在老师的办公室发毒誓痛改前非。也许老师都忘了这些小事,但字字句句随时都能从记忆里刺穿痛楚。

几十年之后,居然在现在的学校里,因为英语作业没交上去,不管你的理由是没带,还是一时没找到,都一律被判定为没做。这样对抗老师指令的罪过就是,几个孩子集体蹲在讲台前补作业。孩子不久就蹲累了,于是跪倒一片。斗胆问问老师,你受得起孩子们的这一跪吗?

我对上学的体验就是,如果学习不好直接等同于你的品行不好。我的厌学情绪在很长一段时期体现在往考试卷子上胡写乱画上,那时候没有微博,如果有,我的卷子一定是转发率最高的。如果哪次特规矩地写了,并且得了高分,老师马上认为是抄的。我从始至终就没机会开口,所以,很从容地认了。直到高中的时候几何、线性代数等等门门课程满分的时候,我才发觉,原来自己还能是个好学生。

几十年之后,居然在现在的学校里,还在传承着古老的法则,在老师眼里喜欢打逗的孩子一定只能惹祸,不会做什么好事。"罚"字就是尚方宝剑,动不动就告诉你体育课甭上了,站墙角杵着吧,没人有工夫听你辩解。学校教你的,仅是懂得服从。集体主义教育则体现在,如果班里有谁在不该喧哗的时候出声,全班都回去抄写《小学生日常行为规范》,台灯下密密麻麻的千字书写,老师会看吗,那些要求小学生要做到的,您做到了吗?

尽管我小学时内心饱受摧残,却依然觉得还是我上学的时候轻松,那时候说逃学就逃学了,考试不及格也没事,不像现在九十五分以下就算跟不上,九十分以下简直就无可救药了。我们那会儿有很多兴趣小组,每个人都可以上,不用花钱,我在科技小组成天满脑子想的就是创造发明。现在上兴趣小组要选举,轮不上的都改自习。我们那会儿下课就在操场上疯跑,不打铃不带回教室。现在孩子下课除了上厕所能走动一下,其余时间都要待在教室,据说这样最安全。而珍贵的体育课,是最可有可无的。我们那会儿学习跟不上的人才去上小班,是为了跟上班里进度。而现在,教研组的课题领袖能把数学题出得越来越高难度,奥数没了,改叫数学拓展了,你不上,对那些突如其来出现在日常考卷上的难题还真就抓瞎。

我特别想蹲下来问问孩子们,你幸福吗?你在学校幸福吗?收集了大量属于今天孩子们的学习生活素材,并拍了照片,也许日后真能出本很苦涩的书。

我很感谢苦涩的小学时代,因为厌学给了我大量看闲书的时光,也是在那时候,我知道情绪需要自我拯救,内心乐观开朗是多么重要。我一直告诉我的孩子,无论发生什么,我都爱你,我会跟你站在一起,而且,我相信你能处理好自己的事情。

前几天,一个朋友让我帮忙联系私立学校,我问他放着离家近的重点校不上干嘛非花这钱呢?他说,我就想让孩子多玩玩,别写那么多作业,上初中也不参加什么小升初,让他妈直接带他出国生活,我就算这辈子当苦力,我也得把孩子送出去。街坊邻居的孩子,成天背那么大的书包没黑没白地除了上学就是上小班,我都替他们累得慌。

　　选择逃离,难道这就是我们教育的最终目的?

第五辑
朋友眼中的王小柔

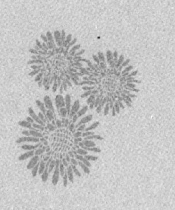

人生的悲喜是一株可嫁接的树

文 / 高珺

记得读小柔的书是很多年前的一个阳光明媚的下午,之所以记得清楚,是因为她的书和那天的阳光一样明媚灿烂。我去天津看望妈妈,弟媳妇把她的书《都是妖蛾子》当做天津特产郑重推荐给我,于是,我便认真地在午睡后阅读了一遍。那天,被吸引的并不是她众所周知的"哏"的风格,而是从她某段形容洗完衣服晾在那里滴滴答答的状态上,读出了隐藏其后的忧伤。她的文字有一种真实的场景感,我好像也在盯着那湿衣服看,看着看着就默默流下眼泪,心中如此难过,这悲凉不便在人前说,就用另一种方式表现出来。我看着那样平静平常的一段文字,觉得这样一个作家,嬉笑怒骂,调侃市井百态的时候,内心其实有一种不为人知的忧伤,忧伤在那里,并不比欢乐少。

其实说起来我只是她微博中无数粉丝中微不足道的一个，从她的书里、微博里，默默关注她，知道她有个"王小柔悦读会"，还养了几只在她家能自由飞翔的鹦鹉。当关注成为每天的习惯的时候，小柔已然如同我的朋友，她并不认识我，我却很了解她。但从没想到以后和小柔成为闺蜜级别，可人生不就是这样吗，被千万种可能连接，一旦有了一种缘分，千里之外，终有一见，一见即如故。

去飞机场接小柔的时候，我在衣柜里翻江倒海地找出一件很久没穿过的类似晚礼服的连衣裙，像等待着暗恋很久的恋人，赴一场华丽的约会。我沐浴更衣，涂脂抹粉，描眉画眼，极尽妖娆来表达我的重视，这让我的先生，后来被小柔称为巴依老爷（小柔真是一针见血地指出我家先生的特征，所以，即使小柔离开新疆后，我们家乃至所有的朋友都用这个称呼来叫他，好像我家先生也很受用呢）的人侧目，他说我几乎返老还童，变成一个急切地在飞机场上等待偶像出现的少女，在这之前，通过微博聊天，小柔已经亲切地称呼我古兰丹姆，新疆在她眼里如此神秘美好，我怎么能给成千上万的美丽的古兰丹姆丢脸呢？

初见小柔，和想象中的她一样。她有着极温暖漂亮略显羞涩的笑容，这笑容并不夸张，也不光芒四射，但很真诚，你看她笑，心里会格外心疼。她整个人明朗、干净、随和、利落，你能在她身上体会到一种能量。她的小宇宙包含万物，只有这样的小宇宙，才能写出生活中被我们忽视、省略、放弃的很多细节，而正是这些细节，才显示出我们真正的生活，揭露着生活的真相。小柔，就像个心怀善意的手艺人,笑眯眯地把它们捡起来,把这些碎珠子,穿成一串串可爱的项链,人们去哄抢,欢笑,她却静静地微笑着,掩饰起自己内心另一种情绪。龙应台说:"我们内心的悲怆与忧伤只能用艺术和幽默来表达出来。"所以,我一直坚持地认为,小柔并不是写着相声般的段子,而是,用这些段子,来抵抗生活中我们经历的最荒凉的无奈。

小柔的新疆之行算是传奇,先是这边的某报编辑部一直不靠谱,既不告知她具体行程,也不告知她具体联系人,到出发前,仍然没有准信儿。所以我劝小柔放弃他们的安排,让她投奔我这个古兰丹姆,于是,有了我接机的那一出儿。

我们一见如故,朋友间的信任,有时,就建立在一瞬间。这一瞬间,彼此看到对方心里去,看到对方的本质,虽然不是火眼金睛,但凭着直觉愿意从此交一生的朋友,这就是我以后总提个小筐,装上洗澡用品,每每一步三晃地,光明正大地,丝毫没一点不好意思地去她住的房间蹭澡的原因。

她去喀纳斯,第一天好像很好,第二天给她打电话,她第一句话就喜盈盈地说:"你有朋友最近过生日吗?我现在像寿星一样,拿个拐棍儿托个桃儿就能给人拜寿,让他们都念你的好。"我一时没明白,怎么这么欢乐啊,再问才吓了一跳。原来,小柔不知道什么原因过敏了,全身水肿脑袋老大,因为都在山里,根本没个医院什么的,也没谁带过敏药。我叫她马上回来,她着急地说:那不行啊,宝石还没拣哪,导游说了,回头带我们去戈壁滩上拣宝石,运气好的话,拣着一个大的，都能回来买个楼呢。我彻底无语了，这是知名作家说的话吗，这完全没有崇高的形象啊。等见到她，我着实被吓着了，她整个人从发根开始蜕皮，其状用惨不忍睹形容一点不过。我呆呆地看了她一会，小心翼翼地问：你确定没事吧？小柔一副并不太在乎的从容的样子。估计正沉浸在拣玉石的喜悦中，她说："我上辈子就是条白蛇，你大概是青蛇，哈哈，今生我千里迢迢到这找你就为蜕皮来的！"

我告诉她应该立刻增加一处景点：去医院，排队看病。她却不急，拖老带小地背着个小布袋，说先找个地儿叫巴依老爷给鉴定一下冒着七十度高温在戈壁滩上拣的宝石。对玉石，我先生倒是很懂的，在小柔热切、期盼、充满希望、闪着火星的目光中打开小布袋，里面的确有不少石头，一个个奇形怪状，疙疙瘩瘩。巴依老爷扫了一眼，严肃地说：这叫戈壁玉，我们这儿土话叫卡瓦石，不是很值钱，靠它买楼，估计拣几吨都不行。小柔不信，急着拿出手机，调出一束光，照在石头上说：您给好好瞧瞧，都透亮呢，我可是一个个在大太阳底下照过的。

我先生笑起来，说那我帮你挑几个品相好一点的留下来做个纪念，小柔拼命点头，眼巴巴地看着巴依老爷在石头里翻。最终，巴依老爷从一堆石头里仔细地拣出三四个。小柔高兴地说,这几个不要，其余的都留下吗？巴依老爷斩钉截铁地挥挥手说：就这几个留下来放你们家鱼缸里，其余的都扔掉吧。小柔霎时目瞪口呆，可依旧恋恋不舍地看着一堆破石头。

人生的悲喜是一株可嫁接的树

我不知怎么安慰她,土土关键时候讲话了:妈妈,你还记得阿姨带我们去的公园,小水沟里好像铺的全是这种石头。巴依老爷冲土土伸出大拇指,夸奖土土,这孩子观察力真强啊!小柔默默无语,很受挫的样子,这可是她几乎冒着生命危险,蜕着皮,晒着毒日,耗费手机的全部电量,一个一个在大戈壁滩上(成千上万个游客都扫荡过的地方),一颗一颗满怀发财买楼的梦想拣来的。那一刻,我不敢笑出声,只好一脸沉痛的表情,配合她的心情。"看病重要。"我说。小柔收起石头,当然是一个也没舍得扔,后来据土土说:看完病,妈妈没休息,想找个更权威的玉石店再次鉴定,并打算买一台玉石加工机,回到家慢慢加工这些石头,弄出个挂件什么的。这宏伟的计划大概遭到很多玉石店的沉痛打击,可爱的小柔最终绝望地放弃了,这一幕现实版《疯狂的石头》终于得以落幕。

后来几天的行程,小柔除了去医院按时治疗就是留在酒店房间里睡大觉,我有酒店洗澡强迫症,天天去她那儿蹭澡,她对自己的情况倒没有闷闷不乐,乐此不疲地还给我看哪个朋友给她的一个咒语,说念多少遍可以让情况好转,她认真地念了。后来又有朋友说要给她寄点天津的土过来,让她冲水喝,看着行程大概等土寄到,她也该回去了。

病成那样,她拿个户外围巾把自己见不得人的脸一围,在去医院的路上还到处找公园。她自己穿过乌鲁木齐最大的一座公园,大概一进去,小柔就被一派生机勃勃、欢欢乐乐、热热闹闹的各民族安定团结的景象吸引了。她带着那张吓死人的爆皮脸,不仅抓拍了好多张树丛中小松鼠的憨态照片，还兴致勃勃地在树荫底下和维吾尔族姐妹载歌载舞了一个多小时，等她晃荡到医院差点儿没床位了。

在酒店里无聊，小柔开始让我给她讲故事。别看她话很少，但每说一句话的语气眼神儿，都跟有魔力似的，勾搭你在她对面跟话痨一样嘚吧嘚吧没完，我把自己两岁尿床的事都翻出来讲了，用新疆俗话说：所有的袜底子都扯没了。好的，坏的，自己的，朋友的，正传，野史，有根据的，瞎编的，隐秘的，堂皇的，总之，要极大地满足她的听故事欲，我感觉自己就像说评书的一样。最后，巴依老爷不得不出面制止了，用他的话说，再讲，你就该给小柔咱家存折密码和保险柜钥匙了。

病对于她就跟生在别人身上似的，她一点也不担心，照吃照喝，就这样，还自己开着车带我们去了趟盐湖。到盐湖去的时候，小柔车技不错，只磕巴了一会儿就飞驰起来。那天变天儿，云黑乎乎的压得很低，盐湖本来就是含盐量很高的湖，湖水里没有生命，人可以在上面漂浮，孩子们去室内玩，我们坐在外面等他们，小柔守着阴森森的湖面开始给我讲鬼故事，还一个劲地撸起袖子给我看她自己起的鸡皮疙瘩，我倒是没被她吓到，她自己吓自己，吓得还挺起劲儿。

后来下起大雨，我们在车里聊写作，聊生活，聊人生经历的很多人和事，有时，我们聊着聊着就沉默下来，都盯着窗外的大雨，看着大雨顺着玻璃窗流下来，沉默变成对对方的支持，有着不需要用语言表达的默契。

人生的悲喜是一株可嫁接的树

小柔带着爆皮脸回天津之前,买了很多葡萄、杏和桃子。我打电话给她,电话那边她依旧欢声笑语地说:我,忙着每天吃烂水果,一拨一拨地烂啊!都赶不急吃,到现在,一个好果子没吃着。我特别想念手工冰淇淋、烤包子、格瓦斯,还想念咱们去了好几次的那个小意思烤肉摊,还有我的那层皮,就当白娘子扔你那的一件衣服。另外,让巴依老爷再教教我怎么认宝石,再拣,一定拣个大的、值钱的。还有,你必须再给我讲几个欢乐的故事……我拿着话筒默默地听着,王小柔怎么就那么乐呵呢,虽然她的怀念里不是吃就是喝,我还是挺想念她的。

现在,回想起那个时刻,写着那个时刻,我竟然泪流满面起来。我确定,打动我的仍不是小柔描写的市井幽默,不是她调侃的自己或别人,她一直很努力地给自己一种力量,一种正能量,让她在该痛苦垮掉的时候,哈哈大笑起来。生活于她来说,是可以被掌握的,她所看,所听,所想被记录成一个个段子,但是,你若真读懂她的文字,其实,你会掉泪,你会心疼,你会知道,她完全可以写很沉重的东西,但她没有,不是她不会,而是她的心里满是阳光,她让生活充满喜感,来冲淡她看到的人间的那么多悲凉。写喜剧的大师,心里最了解悲剧的剧情。这是我读过的王小柔。

人生的悲喜是一株可嫁接的树,谁说它不能大树参天枝繁叶茂果实丰盈呢?

这个女的很有趣

文 / 白花花

王小柔有两把伞，一把灰色的，阳伞；另一把说不出颜色，雨伞。

她经常背着一个大包来来去去，里面晃里晃荡的，一般只有三样东西：伞、地铁卡、手机，有限的零钱放在裤兜里，应急用，但要真有急事儿，那钱也派不上多少用场，因为太少了。

有一天她把两把雨伞都带来了，她挨个儿往外掏出来给我看，我瞪着她，又不是搞批发的，为嘛一下子把自己的两把伞都显摆出来，还是这么一个秋凉的天干地燥的季节。她很真诚地说：看这天气要下雨，但我出来的时候还阳光普照，所以都带了。我问她：你从哪儿看出要下雨？她眨巴了一下眼睛：天气预报说的。没等我接话，她又把两把伞塞进包里，扬长而去。

我在她后边喊：嗨，打着阳伞啊，外面阳光太毒。她的声音在走廊里回响:管得着吗?要不把伞给你?这么斗嘴的时候,办公大楼外已经华灯初上,我能想象她迈着螃蟹步义无反顾地往地铁赶的小市民形象。

其实我对王小柔的伞深恶痛绝。一般我们想象,女人袅袅婷婷地擎着一把花伞走在阳光下的风景挺美的,但她不是,打我认识她那天起,她都是不自知地横着走路,加上她的一贯穿着,T恤加上牛仔裤,素面朝天清汤挂面,然后在夏天超低空地打着一把灰不拉叽的阳伞,那气势,惨不忍睹。但她很热情,谁要走在她旁边没遮没拦的,肯定一把把人拉进伞底下,然后说一句:来,一块儿,有福同享。但我尽量不借这个光,因为我俩太不同步了,在外边,我走路还是挺装模作样的,不像她,走哪儿都跟走在自家客厅里似的。

当然,她也有不一样的时候,有时参加个颁奖晚会、论坛或者时尚秀什么的,她也拿着个劲儿,化个妆,弄个披肩,巧笑倩兮地对着镜头笑。一般这种时候,我都会皮笑肉不笑地拍着她,问:好看吗?啊?好看吗?看你胖的。我的反击很有力,因为她以前老嘲讽我粗胳膊小短腿枣核身材,当有一天她的腰上也出现赘肉的时候,我很快乐。

王小柔有几只鸟。原来有四只,两只鹦鹉,统称红脸巴。另外两只,王大和王二,前者为山雀,歪嘴,王小柔认为这只鸟身残志坚,喝水吃食都很努力,歪着嘴锲而不舍的样子让她很是赞叹,但后来知道了,它就是这鸟样,胎里带来的原生态;后者,黄雀,据说可以训练它算命,这个过程很复杂,不细说了,但小柔以此为傲,说这傻鸟有时不笨。

这四只鸟让小柔纠结了一段时间。王大和王二以前不合，老是打架，开始王二占上风，等到王大羽翼丰满，立刻占山为王，占据了鸟笼最好的位置，王二识时务，甘居鸟下，但它也很励志地学会了游泳，看见水就往里扎，扑腾几下把自己练成了鸭子。两个红脸巴鹦鹉也不省心，两年多了，光踩蛋不下蛋，给小柔急的啊，天天观摩人家的隐秘事儿。后来懂鸟儿的同事猴子果断地劝说小柔，甭急，它们就是同性恋，下不了蛋。小柔认为这事儿很不像话，鸟都干这事儿，就别怪人类有那么多花样了。

前一阵儿，猴子又把两只黄雀给她带到办公室。没两分钟，小柔就把人家的名字给起好了，王小和王二小。左右都离不开她家祖姓。猴子介绍，王二小是怀过孕带过孩子的中年妇女，王小则为壮劳力，明年春天就可以跟中年妇女踩蛋了。对这两个鸟充满期待的王小柔一下午都没好好工作，眼睛一个劲儿往鸟身上瞟，下班时，她提着鸟笼子，迫不及待地冲向地铁站。

我对鸟儿一点儿感觉都没有，所以特别不理解她对鸟儿的感情。有一天当她特别难过地跟我说王二被她妈妈不小心踩了一脚，估计命不久矣时，我面无表情地看她一眼，哦了一声，没表示任何慰问。几天后，我忽然想起了这事儿，问她：王二死了吗？她立马夈了，反问我：你那么盼着它死啊。这让我很难过，我在她面前无论怎么闹腾她都没这么对过我，为了一个鸟儿，跟我急眼了。这死王二，怎么到现在还活蹦乱跳呢？

王小柔有三个我也认识的朋友，肉松、兽医和冯冬笋。

他们真实的名字我记不住,干什么工作也懒得打听,就觉得比起小柔的伞和鸟儿,我更喜欢他们。这三个人,青春少妇肉松快人快语敢爱敢恨,什么话都敢往外掏,一次因为志愿者的事儿上了报纸她爸不认她,嫌照片上的闺女太"中年妇女"。高高胖胖的兽医和倍儿瘦溜的冯冬笋属于不笑不说话的类型,看着憨憨实实的。就这三个人,因为喜欢小柔的段子文字,原本不相识的他们主动找上门来,紧密围绕在王小柔周围,办了一件特别靠谱的事情,创办、壮大"王小柔悦读会"。两年了,还不离不弃呢。听说他们最近还找到了一间办公室,再也不用像以前那样到处去蹭酒店的大堂,大堂有空调,冬天不冷夏天不热,还可以死乞白赖地讨免费水喝。

　　一点钱都赚不着的公益事业,他们还挺能坚持。我都能看出他们的难,隔一段时间就要开办一场"悦读会",全免费,只要喜欢书就行。他们几个,为了让阅读更有趣,不能随便杵着一个人就在台上拿书念啊,必须有音乐有表演有互动,这得策划,得排练,还得有空间。一开始,一向嬉皮笑脸的小柔变得很凝重,把私人感情都搭进去了,到处求助:你那地儿借我使使;你来客串一下,没钱;给点儿水喝,白水就行……没吃没喝没白没黑的,我看他们实在可怜,主动请他们吃过两回饭,他们嘻嘻哈哈地从各个犄角旮旯赶来了,点了一堆,全是特便宜的。肉松口才好,光听她说,我们乐得嘴都歪了,小柔跟没她事儿一样,埋头吃,免费的汤来了一碗又一碗。我心说,这贪便宜的吃货,死性不改。

　　她改,还是没改?是个难题。以前我老觉得特别了解她,相识二十年，坐办公室对桌都十七年了，从叽叽喳喳像蜜蜂一样互相戳着，到后来面对面还通过QQ和微博对话，基本上，我们跟老夫老妻也差不多了。其中的变化，是在不知不觉中发生的，彼此不曾意识到，只是到了某个回眸的时刻，才发现，大家其实都走得挺远的了。小柔一直不停地写，自己的版面，别人的专栏，出书，签售，接受采访，创办"王小柔悦读会"，站在台上主持节目也跟个话痨似的，以前她见陌生人都张不开嘴，看着像是自闭症。

我基本上没法儿给她下什么结论了，说她不问世事吧，做的都是俗世的事儿，说她人在江湖漂吧，还不那么老练，有时听风就是雨。我呢，没怎么走出过办公室，但人变得现实了很多，有时跟人谈事儿，问"你给多少钱"时也不脸红心跳了。所以到现在我也不太明白王小柔可着力气做"悦读会"到底是图嘛，我问她，她说：图个快活。我不像过去那么爱读书了，她说的快活我也不那么了然，但去年年底在金逸影城看她和肉松他们一起做的"悦读会"小电影《全城热爱》时，我还是忍不住热泪滚滚。

如果说没有改变的，大概还是我们在彼此面前的猖狂吧，还有骨子里的朴实劲儿，不挑食不追星，不羡慕别人不低估自己，坏事儿快忘好事儿感恩，网络打招呼永远是，她：傻子。我回：德行。她问：有新鲜的问候词儿吗？我答：你怎么不改呢？你精？她不依不饶：傻子。我不甘不愿：德行……

还有，这么多年，她还是不会过马路，如果没人跟着，她宁愿多走两站地，就为了不过马路。

抽一颗，咱再聊会儿

文 / 韩亮

小柔姐就她的驴皮影事业和"悦读会"两周年大典一个劲儿地发表感想的时候，我正在北京的798艺术街区搞我的所谓艺术创作，拍摄一百个在798的人们，记录下他们在刚刚过去的那五秒钟正在想什么事情。这是一个很有趣的命题。在茫茫人海中，往来穿梭的每个人本身都有不一样的人生，就个人而言，身边擦身而过的人们，不过是群众演员而已。大家都知道，电影里的群众演员的唯一工作就是走来走去而已。但是如果我们试着去询问他们的思想呢，你就会和群众演员发生了某种联系，他(她)在你人生的戏里就有了戏份，不再是群众演员，而你自己也变成了导演，在这一小段时间内，你也改变了你的生活方式。但是，电影里的群众演员是有报酬的，但是你人生中的这场戏完全是在破坏以往的平衡，很有可能你的人生

很多事不能等。时过境迁,是无比抒情的残忍。对身边的人保持微笑,也许一转身,就再无法遇见了。所以,请你珍惜,我在的时候。

一朋友叮嘱我多照点儿相。还没等我点头称是呢,他说:"多照点儿大脸的,你上相。"我立刻就不下楼了。多年来,凡是照我的,除了自己捂脸,就得低头。似水流年全长肉里了。这年头儿,还有谁敢照大脸照啊!

之戏就会改变。陌生的脸孔会让所有人下意识地产生抗拒心理,乃至发生不快甚至是过激的行为。因此这是一个很大胆和艰难的尝试!用小柔姐的话说,那就是你要是能活着回来,我就给你庆功!得!又一如既往地不会聊天了!

其实我啰啰嗦嗦地占用这么大的篇幅描述我的创作意图,估计肯定会被王小柔卷街的,好吧!我先写点儿哏儿的吧!

我把王小柔这仨字儿和本尊楺在一块儿,是我第一次参加"王小柔悦读会"的活动。据说那次"悦读会"是第一次在一个倍儿有气质的艺术馆举行的,那大白墙大尖顶子的,还孤零零地挂着一个单薄的吊灯,那叫一个有情调。活动一上来,一穿老头衫的姐姐就抱着个绿色的文件夹站在舞台右边,一边晃悠,一边念诗!我心里就嘀咕,旁边没人了,这姐姐为嘛不站在舞台中间呢?可一张嘴念诗,那嗓音真温暖啊!我心里最软乎的地方立刻就被打到了!偏台就偏台吧。后来大屏幕一介绍,敢情这就是妖蛾子王小柔啊!这趟算是逮着了!活动一结束,我就跑过去求合影!后来在微博上互动时,我一个劲儿地表决心,要加入"悦读会"的组织,做一个光荣的志愿者。小柔姐豪爽地道出真心话,我们又有新志愿者了,真好,尤其能显出我瘦的志愿者,更欢迎了。哈哈!合着我还有这个作用!

"悦读会"的策划会是我一直向往的活动。还没正式成为志愿者之前,每次活动之后,都能看见王小柔、冯冬笋、肉松和鸡翅他们老几位在"悦友"们散去之后,神神秘秘地聚在一张桌子周围,估摸着一期精彩活动又要诞生了!我这叫一个羡慕呀!说实话,策划会要比正式的活动还要吸引人!

有一天,一个愣了吧唧的人打电话来说,我是"悦读会"的鸡翅,"悦读会"周年庆典给你安排个角儿,麻利儿地准备吧!交代了排练的时间地点就挂了!我心里这叫一个后悔呀!这么大的活儿我怎么就没推辞推辞呢!我这一上台就胃疼的主儿,在一群文艺青年面前那可丢大人了!哆哆嗦嗦地忐忑了好几天,又练声又练呼吸的,就算水平有限也得把功课做足了!到了排练那天,总算有点自信了,喝了两瓶红牛,壮着胆子才敢推开排练地点的门儿!

一进去我就蒙了,小咖啡馆里满满当当地坐了一屋子的文艺范儿的青年,在昏暗的灯光下正嘻嘻哈哈呢!还没等我说话,躲在里屋的小柔姐一眼就瞄上我了,嘎嘎嘎嘎跑出来笑了一通,然后一脸欣慰地说,终于把你盼来了!我赶紧一个劲儿地谦虚,石头、大树任您安排,就是别让我演活物儿!姐姐一翻白眼儿,美得你!好几大段词儿给你留着呢!还必须和我同台!这样才能把我身材显出来!我顿时感觉脑袋上方一只乌鸦飞过!抬头纹变成了黑线,都画脸上了!冯冬笋一脸坏笑地走过来,扔了一摞稿子在我手里!这叫一个压手呀!我颤颤巍巍地问,脱稿吗?如花在一边闪着大眼睛说:脱!必须脱!统统脱掉!我心一横,就冲这双大眼睛,脱就脱了!

要说这本子写得真硬可,把小柔姐新书《如愿》里的段子都装里头了,一时间,天津话、杭州音、东北腔、河南调,从南到北各路方言满屋子乱窜!我琢磨着,这跟我前几次参加活动的感觉差距也太大了吧,一点儿都不文艺。我以为一张嘴都得噫吁唏,要不就是为你绽放我的梦之类的，为这个感觉我酝酿了多半天啊！怎么上来就演上小品了！而且还赶上了一个兼职兽医的川菜厨子的角色，这也没生活呀！我赶紧虚心地向冯冬笋请教人物性格、情绪刻画什么的，冯冬笋黑着个眼圈儿，保持着恒久的猥琐样儿说，你就本色出演吧！你这个模样，不演兽医可惜了，整场活动的乐子可都从你这儿出。我心里这个骂街呀！你们全家才兽医呢！我虽然没长着文艺的脸，可和兽医这个职业差得也太远了吧！跟扮演兽医媳妇儿的二小姐用纯正的天津话对了几遍台词儿，二小姐把看家的手艺都拿出来了！大家都被自己逗得直不起腰来，互相嘱咐，现在咱乐痛快了，正式上台可都得绷着点儿。

排练到了后半夜终于结束了，文艺女青年们张罗着转天团购去皱霜，文艺男青年们左手揉肚子，右手揉腮帮子，直挺挺地躺在椅子上。小柔姐从里屋冒出来喊了声，同学们，收工！老冯，发小班车喽！华灯初上，大伙儿这一路上这兴奋劲儿断不了啊！直到送到了小柔姐家门口，门卫还特客气，问小柔姐：姐姐，泥（你）了出车回来了！都当她是开出租到处拉活儿的了。

老冯把车停到路边，话题愣是停不下来，我说，咱还是抽一颗，再聊会儿吧！小柔姐从后面伸过头来，兴奋地说，咱砂锅呢！吃醋椒豆腐容易出创意！不定又能整出什么新段子呢！老冯熟练地一脚油门，直奔砂锅摊儿去也！

这晚之后，我就从一个自认为很有才的胖子变成了"王小柔悦读会"的兽医，我和"悦读会"的缘分就这样华丽丽地开始了！和"悦读会"的兄弟姐妹们一道，出现在市区的各大咖啡馆和砂锅摊，脸红脖子粗地讨论活动的选题、创意、流程，谁能想到那些感人至深的活动内容都是在一个个不眠的夜晚产生的呢！

　　现代社会，让人与人之间离得越来越远。童年时代那大杂院里的热络，只有在残存的记忆里才能找到。每个人都把自己藏在厚厚的外衣下面，像《套中人》的主人公别里科夫那样，生怕受到一点点伤害。任何一点的热情都会被误解成别有用心。这是我们这个时代最大的悲哀。我很欣慰在我们的这个城市，有"王小柔悦读会"的存在，因为一本书的缘分拨开彼此间厚厚的隔膜，可以把自己的真心彻底释放出来，可以肆意地把真心向我们的朋友敞开！这样一群温暖的人，我们彼此为着一个叫做理想的词儿紧紧地拥抱在一起，把我们传播美好文字的小树苗浇灌成一棵参天大树，为更多的人带去心灵的力量。生活是崎岖坎坷的，每个人都磕磕绊绊地一路走来，又要磕磕绊绊地继续前行。有的时候，甚至是暗无天日的阴冷和无望。但是，即使穿过幽暗的山谷，我们也无所畏惧，因为有我们彼此同在！因为我们随时无所顾忌地聚在一起。抽一颗，再聊会儿！

爆炒回锅肉

文 / 韩医名

相逢是一种缘分，有多少积淀才能相遇。与"王小柔悦读会"的缘分，应该也是积淀了很久。

我们几个每周都会找个时间，聚在某个地方开创意会，小柔姐喜欢咖啡馆还得是那种特豁亮的，大张桌子好摊开了书，方便摆放电脑还有富余地方让我们几个写写画画。兽医每次都把策划会搞的很有深度，不停给大家看他为这次活动所设计的宣传海报或插图，兽医是个特追求完美的双鱼座，他能拿出手给大家看的，不知道在家修改了多少遍、多少稿了。他一旦否决自己的某个创意，我会特横地问他"为嘛就不行了呢，你说！"小柔姐一样是双鱼座，他们俩的共性就是延迟病，约会的时间不到最后一刻不出现，而且不记得路,总去的地方没几个,她也能迷路了。我们爱喊小柔姐叫"老板"，因为她是我们的主心骨。策划的每场"悦读会",大家的大纲、分工等有着重要的一票。开会的时候她抱着笔记本,先喊我们给她把无线连接上,然后敲稿的声音嗒嗒响起,我们的会议进入正题。冯冬笋负责把书熟读,挑选主要的章节,然后自己带着感情朗诵,赶上"儿童悦读会"还得用特有的卖萌式读法给孩子们念书。兽医负责视觉设计,做好PPT背景,编排视频、音频,兽医最喜欢做的还是跟大家开会,每次散会他都意犹未尽。我负责联系其他志愿者,哪个做演员负责表演哪块儿,哪个负责签到,等等。小柔姐在台上负责访谈环节及串场,哪个环节都要有应急方案,有一次活动时嘉宾侃侃而谈拖延的时间,后面的环节需要变动,我们就用眼神和手势给台上的小柔姐提示,给她备选方案,保证大纲上的流程、时间与执行每个环节都能扣上。

双鱼座的另一大特质就是矛盾体,和大多数人形成反差。隔段时间大家就凑一块儿K歌、饭腐,在KTV里好几个麦霸,跟他们唱歌真是享受。当然也有例外,冯冬笋和鸡翅哥是不着调,小柔姐就是个围观的,一双好奇的眼睛看着大伙儿,说怎么进了小黑屋都跟变了身一样,自己坐在角落里织围脖,或者抱着笔记本敲专栏。

小柔姐对朋友很讲义气,总是耐心听人倾诉,让人感觉很舒心,只要你需要她的帮助,总能给你提出她认为可行的处理办法。不过倾诉也是有回报的,没几天就被王小柔整理,写成段子式的文章发布,经她那么一写,故事不但更曲折了,还更有料了,那叫一劲爆。例如,前阵子我特着急要孩子,周围怀了孕的同学告诉我,床头柜上放个动物鸭子的玩具,图谐音能押个孩子,我呢本身也喜欢买玩具,结果买了好几种小鸭子,毛绒的、搪胶的,小柔姐的笔下就成了"为求子在家摆风水阵,我去参观了一下,几乎打进门就得蹦着走,桌子椅子全跟木牛流马一般,挡着道儿只能拿脚踹"。这就是她的独到之处,嬉笑见真情,感人至深。

每段故事,就像一块五花肉,小柔姐就是掌勺的老板娘,把煮好的五花肉放入锅中,再添她的独门秘方"笑料",有了调味品的翻炒,还要加入配菜就是:豆瓣酱兽医、老姜冯冬笋、大葱鸡翅哥、青红椒就是我啦,这道回锅肉不但色彩丰富而且回味无穷。和其他团队一样,我们这道回锅肉缺一不可,每个人都有自己的功用,团队的魅力就是传递正能量,和"悦友"们在一起分享的不但是好书,还有积极乐观的生活态度。我希望"王小柔悦读会"能做得更大,更久,这不单是我的愿望还是志愿者们的心愿,我相信有了大家的支持和努力,我们终会如愿!

段子背后的段子

对话/陈彦瑾　王小柔

陈彦瑾：百度词条上是这么介绍你的，说你是最哏的作家，开创了段子写作的新天地，那么你怎么评价自己的写作呢？

王小柔：我把写字当玩儿。每次看见那些唱歌的在"中国好声音"擂台上边揉眼睛边对着众人说："我太热爱这个舞台了！"评委适时地煽风点火，告诉揉眼睛的人，这个舞台就是给你准备的，让我觉得唱歌的人比写字的人自信多了。写字的人能有读者看自己的书就已满足，没几个敢胸怀舞台，奢望夺天下的。所以我自从东拼西凑编故事的那天起，就觉得这是我自己的事，是为了记录我那些拦挡不住飞逝的时光的，是为了调整我那颗容易受外界影响容易黯淡的心的。有时候，写字属于治愈系，没有功利，没有理想，没有边界，只是为了让自己更快乐。我实在不敢说这叫"写作"，写作很严肃，沿着这俩字，就能想到在书桌前埋头敲字，不眠不休不吃不喝，还得抽烟喝茶干咳。而我，经常是跟一群朋友夜半从砂锅摊前各自散去，实在吃得太饱，到家怕直接躺床上一觉过去被撑死都不知道，所以常常借着消化的工夫写写今天的所见所闻，还有种情况是在咖啡馆泡得时间过长，拿铁的劲儿出奇大，到家不困了，看完美剧再写两笔等等。更多的时候，是因为遇到的朋友，以及他们身上的故事太离奇了，离奇得可笑，我怕我不及时记下来再忘了，对不起人家跟我的倾诉，所以很多故事就被积攒下来了。这能叫写作吗？我觉得不能，只能叫"写着玩儿"比较贴切。

我经常自卑地承认：我也许与文学无关。

陈彦瑾：记得你也写过一些特琼瑶特悲催的爱情小说，也写过家长里短婆婆妈妈的电视剧本，是什么时候开始形成现在这样的专栏风格？

王小柔：把一件事一个人浓缩到一千多字里是为了省事，是为了看的人省事。因为我总觉得，谁有那么多时间成天举着你的书看啊，也耽误事，什么理由都可以打断看书这件事，想不被打断，那就自己先给文字掰碎了。举个例子，我们家苹果放那儿没人吃，他们一是懒得洗，二是觉得苹果太大，等你把苹果切成小块儿，被消灭的速度出奇的快。同理，长篇大论的故事要占据完整的时间，我那些小打小闹的文字很知道自己吃几碗干饭，甘愿填充所有零散的小时光。

当年写的时候不知道这就叫"专栏风格"，我爸的原话是："哎呀,怎么写这种东西还有人给你登?"他甚至对媒体很失望,觉得他们太不负责任了。后来,出了本书,我爸跟我妈特别认真地说:"要她那些东西都有人给出书,咱全楼都能出书了。"我妈说:"你们俩别瞎胡闹了。出版社的人估计打眼了,但人家打眼一次就有记性了,不会总打眼。"

我得感谢出版社,很争气地给我出了一本又一本,让我们家人都觉得"文学"完了。算上至爱亲朋,没一个人看我的书,因为他们很认死理儿地觉得,只有路遥啊,余秋雨啊,王蒙啊,铁凝啊,王安忆啊,写的书才叫文学。我写的那些,实在是给家族丢脸,尤其还总以他们为原型进行砸挂,多年积攒的光辉形象全毁我一个人手里了。

这种专栏从2000年开始的。因为我不思进取,所以,至今没什么进步,而当年一起写专栏的姐们儿都转型成为著名编剧了。我特别期待电视剧字幕里蹦出的熟悉的名字,至于剧情也就那么回事。

陈彦瑾:有一次有人问我王小柔是哪的人,我说是天津人,领导说难怪。你是土生土长的天津人吗?你觉得自己的写作风格跟地域有关系吗?

王小柔:我是土生土长的天津人。但父母,以及父母的祖辈都不是天津人,我从小的生活环境似乎也跟天津是脱节的,一直生活在南开大学的校园里,那儿除了天津人,哪儿的人都倍儿多。上学时我的口音是南方味普通话,毕业流落到社会上,才变成纯天津味儿,有些天津话还是后天学的。我觉得幽默是骨子里带来的,要非生拉硬拽跟地域扯上关系，那得归功于半导体。

我小时候，我外婆早晨五点就起床，擦这擦那干不完的活，她干活的时候会把半导体的声音开特别大，那是一个家庭唯一的娱乐。我经常是在半梦半醒间听着单调的节目，除了天气预报就是评书和相声，大太阳出来以后还会有电影录音剪辑。当时我们家养一只鹦鹉，最后那鸟都会报天气预报了，一高兴还能说段儿《岳飞传》，我比鸟灵，虽然当年学习不怎么样，但很多评书、相声和电影片段我都会背，可惜考试不考这个！

很多人问我，是不是平时总去茶馆听相声？一女的，总去园子里边嗑瓜子边喊"噫——"，这还真不是我能做到的事，我长这么大就去相声园子里听过两次，还都是陪外地朋友去的。相声对我的影响应该是在幼年，那些硬塞进脑子里的记忆。我不知道它对我是否有影响。我唯一跟曲艺界的联系就是常去拜访马三立的儿子少马爷，听他讲讲"老事"挺有意思的，虽然每次听到的事都差不多，但经他一说还是乐趣无穷，每次重复都有新意，这是功夫。

陈彦瑾：你有好几本书名里都有"妖蛾子"这词儿，你怎么理解"妖蛾子"？我们校对说这是一句俗语，标准的写法是"幺蛾子"。你平时写作时经常用到俗语，你会查字典吗？会在乎自己写的标准吗？要是你是自己的编辑，会给自己改标准吗？

王小柔：因为我从小耳朵里灌了太多的"妖蛾子"，只要我不在成人的视线里，就会被他们贴上这样的标签，也不能怪他们，什么东西到我手里准被搞砸。"妖蛾子"在我们家的语境里是"作妖"、

"搞怪"、"添乱"的意思。用作书名也是偶然,因为我想找一个很口语化的词,同时这个词也是被大家经常使用的,几乎不用挑,"妖蛾子"几个大字就出现在我脑子里。而且,我觉得这个"妖"比那个"幺"形象写实多了,所以用了错别字。我书里有很多俗语,曾经,出版社的一位校对老师很正式地问编辑:"王小柔这本书是自己花钱出的吧?怎么这么多错字?"后来我才知道,每个地方都有方言字典,没有人知道为什么非得用那几个字,但你要不用编辑就得被扣钱。可我觉得,口语再翻译成书面语,这不跟把mango翻译成芒果一样吗,音译而已,用得多了就习惯成自然了。

也会去查字典,如果有我认为准确的搭配,当然用人家的,如果我觉得表达的意思不对,就坚持用自己的。不过,我的坚持没什么用,最多坚持在自己的硬盘里,因为到编辑那儿,只要能查到出处的都会给你改了。当然,如果我是编辑,如果我坚持所谓的错别字不扣我工资的情况下,我当然会觉得还是用最质朴的文字搭配比较好,表达意思准确。

我写的时候,写的都是自己认为理所应当的字,反正还有编辑和校对把关呢,他们要觉得很不合适就换,但有的时候他们会来问我,因为有些词连方言字典里都查不到。后来,出了几本书之后,有些我杜撰的词就成了俗语的固定写法,再也没人来扳我的错别字了,也不知道这是好事还是坏事。

陈彦瑾:你是一个多面手,干着一大摊事,还能同时开几个专栏,你怎么能写作这么快?你的写作习惯是怎么样的?是每次到截稿了就写还是有灵感就写，或者跟上班打卡似的，每天都要求自己写上几千字？

王小柔：我是一个没有写作习惯的人，如果没人逼着给我布置任务，我根本就不动手。我很喜欢那些猴，见到好吃的就都塞嘴里，直到把脸皮都撑变形了还往里呢。我也这样，很多好玩的事都先划拉几个字做上记号，提醒自己别忘了，但根本就不动手写。如果有哪个喜欢鞭策人的编辑三天两头地打电话，甚至给你发一合同吓唬着，我一定会紧赶慢赶把满嘴的好吃的给嚼了。有的时候打睁眼开始写，左一段右一段，到晚上能出不少活儿。

你们都喜欢说"灵感"，灵感是个啥东西我不知道，我的标准就是这事太有意思了，得存起来。没意思的事，我忘得比谁都快。而且大概因为气场吸引，我身边也都是有意思的人，跟他们相比，我是最无趣的。在人堆儿里显得很内向，也不说话，一般都是抱着自己的包干坐着，跟刚从哪被解救出来似的。就我这样的人吧，少了我还不行，因为我能写啊，绝对能把一写成五，把五写成十，让他们个个面目全非还都欣喜若狂，被我写，成了我身边哥们姐们的荣耀。为这，我搭了不少饭钱。

写字这事只能当玩儿，我一般是一股脑写一堆专栏，常常有谁看了某一段后笑着问我事情的原委，我会满目茫然，因为我的嘴里又塞进了好多天的好吃的，至于早就嚼过的，我都忘了是什么事了。我还非常厌烦一些人，总是缠着你问，你写的那谁谁谁是谁吗？要是媒体让在文章最后打"请勿对号入座"我早就要求打上去了。还有一次，有个读者觉得我写在火车上某人狂吃东西就是败坏她了，打电话投诉，我们同事怎么解释都不行，建议她去派出所报案，电话那边说已经去过派出所了，但人家不给立案。我跟我的同事对视良久，他说："你以后只写花草树木得了。"我说："花草树木成精了，来找我更受不了。"

其实，段子背后总是有段子，人人都可以是极品。生活里，可不缺少素材，缺少发现素材的眼睛。

陈彦瑾：你写的很多都是自己身边的事，你说都是真人真事，可不都是好人好事啊，你的原型看了你的写作有什么反应？他们是很高兴还是翻脸？

王小柔：我特别缺少胡编乱造的脑细胞，打小缺少想象力，但我会描述和形容，虽然不擅长无中生有，但添油加醋没问题。我身边的人都搜肠刮肚地主动爆料，尤其"王小柔悦读会"策划团队的几个人，他们认为我写出来的比实际发生的更可乐，看了让他们更高兴。事情发生的时候大家都在场，没人觉得特别，但我回去一总结这事就斑斓了，他们见到了自己所不熟悉自己的另一面。

每个故事都真实地存在过，但有可能我把几个人的事都强加在一个人的身上，让戏剧性更突出。我得感谢我身边的几个朋友，他们在生活里卧薪尝胆却到我这儿掏心掏肺地交代，都到了要瞎编的地步，这是多么感人的情谊啊！而且跟我不离不弃，不被写都难受。

陈彦瑾：你在生活中是什么样的人呢？你平时就那么逗的，还是特严肃的人？

王小柔：生活里我就是一扔人堆儿立刻能看不见的人，不是因为跑的速度快，是因为太普通了。按星座上的描述，我见了生人很拘谨内向不擅表达，见了好朋友就跟神经病二百五一样口若悬河，虽然表述有些夸张，确实也是入骨三分。我从来不人来疯，打小愿意随大溜，不被别人注意到才好呢。可自从"王小柔"这个标签贴在我身上，到处给人一个说相声的印象，很多慕名而找上门来的人用各种方式拉我去参加饭局，我偶尔也有硬着头皮不得不去的时候。酒过三巡菜过五味之后，就有人提议让我讲段子，那会儿无名火就会往上冒，不揍桌子算我有涵养。

逃不开的应酬，我很少说话，也很少吃东西，面带微笑频频点头应对各种古怪提问，我觉得此时的冷漠、低调表现得很到位，我实在仅是个喜欢写热闹文字的内向的人。

陈彦瑾：我发现你写了很多生活中的人，包括拿你妈妈开涮，你的文章很细腻，但是并不涉及特别隐私的地方，这和很多女性写作不一样，为什么？

王小柔：其实写我妈的很多事，也不是发生在她身上的。人物就是个虚构的代号，我是谁？我是王小柔吗？我还有自己的真名呢，我还真不愿意当她。事情往往就是这样，大家都喜欢对号入座，我写的只是故事，不是隐私。我爸特好，每次都说："闺女你随便写，把我战友那些二百五的事都放我这。"

为了不造成没必要的麻烦，所以我会把很多无厘头的事都安在自己或者身边人的头上，因为他们宽容，怎么写也不会跟我计较，他们兴高采烈地背着黑锅。我呢，尽可能地不去写伤害别人的文字，哪怕是调侃我也会很注意，这是我的底线。

陈彦瑾：你写的家有百鸟园，读者和你喜欢，请问现在家里还有什么活物？

王小柔：我们家原来有四只鸟，后来让我妈放走了两只，现在还剩两只，这像一道幼儿园数学题。我妈因为心情特别好，有劲儿没处使了，把所有窗户敞开擦玻璃，她把放养的黄雀给忘了，鸟到固定的地方找不到自己的笼子，一气之下自由飞翔去了。我妈让我把它们叫回来，连我儿子都说："以为鸟是我们班同学呢，家长一叫就主动回家？"飞走的两只是训练最刻苦的两只，我们家的鸟会游泳，这是绝活儿！在大盆里自己能游好几个来回，泳姿标准，每呼吸两下一抬头。我掐了掐表，速度比鸭子快。

陈彦瑾：听说你经常带孩子出去玩，不怎么逼孩子学习，我很想对你儿子说你一定要知足啊。你儿子怎么评价你这个妈？孩子的老师又怎么评价你这位家长？

王小柔：你要问我儿子，他绝对说逼他学习了，他多么盼望成天除了吃好吃的就是玩的日子啊！我们的关系很融洽，我儿子跟我是好朋友、玩伴、哥们，当然在学习面前，我是他妈妈，好人我当，坏人我也得当。该逼他学习的时候，绝不手软；该替他写作业的时候，绝不食言。

我很少跟老师接触，接触一般都是被动的，他被请家长的时候彼此见个面。很虚心地问一下最近孩子在学校的情况，当然，说的都是坏的，我就点头表示回家继续批评再教育，态度必须诚恳，表情作悔恨状。但出了学校，我们会找个地方坐下来分析他的错与对，有则改之无则加勉，再吃顿好的。至于老师怎么评价我，我一点儿都不关心，老师怎么评价孩子我也不在意，我们有自己的标准。老师眼里的"好孩子"未必就是我们心里的榜样。

陈彦瑾：你普通的一天是怎么度过的？

王小柔：普通一天过得很颓废。因为不坐班，大部分时间都是在家中消耗。早晨先放鸟，让它们舒展翅膀，然后我吃早饭，送孩子上学，回来看看美剧。之后做一些工作上的沟通，再吃午饭，下午看会儿书，又去接孩子。然后是晚饭，检查他的作业，带队楼下养生徒步，走完六千步安排睡觉。说得我都觉得不好意思，几乎没什么正事，吃占了我人生大部分光阴。

陈彦瑾：2012年就要过去了，对于未来，你有什么期待？

王小柔：未来真远，远到想象力都跟不上了。我希望"王小柔悦读会"能影响更多的人，让好书依然被人们捧在手里，这样的场景是温暖而自然的，甚至应该是永远的。安静简单的内心会腾出更多地方来装幸福。

王小柔之妖蛾子填字游戏（2013年版）

主创／魏曲林

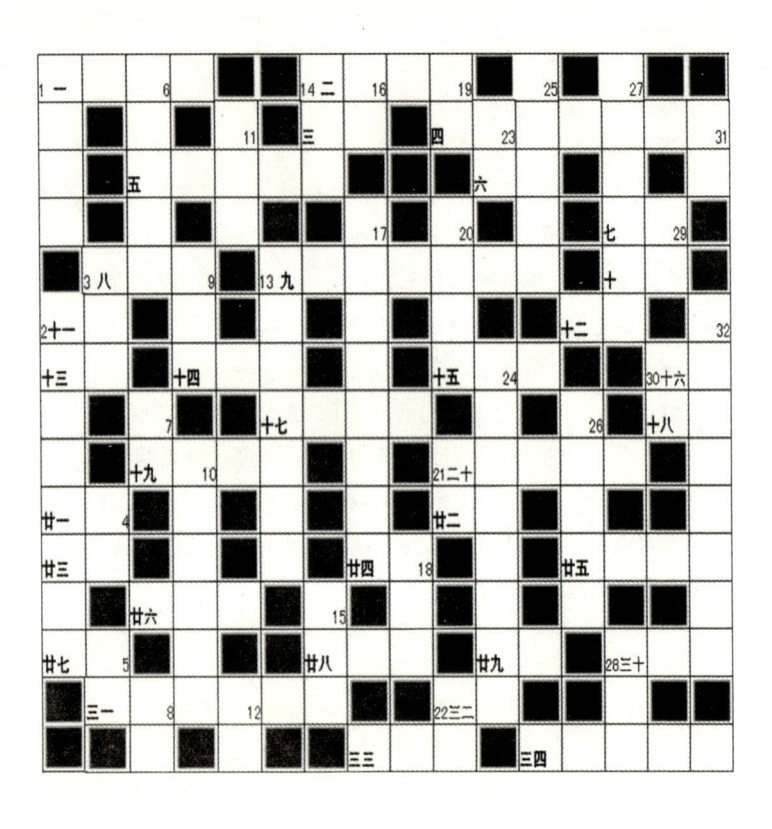

填字游戏说明

横　向

一、王小柔《都是妖蛾子》里一篇文章的题目,讲述她的孩子土土小时候生病的一次经历,很感人哟。

二、来,跟着我们一起体会哏儿都的非著名生活吧,那就是——听郭德纲的相声,看王小柔的文字(以下简称小柔);答案里的这句话本来是跟"无欲则刚"相配的,但老郭在相声里说成了别的……捧哏的于谦老师接茬说"您说的那是'黄金甲'",噫——

三、教学中作为模范的作文;小柔的多数文章其实都达到和超过了(哦,她不喜欢我这样比较的)。

四、小柔《如意》里第一辑第一篇文章的题目。

五、指哏儿都的那些男人;小柔《有范儿》里一篇文章的题目。

六、小柔《有范儿》里第一辑的题目;一般是指以怪为美,没事找事,哗众取宠等。

七、先秦道家的一位人物,庄子的书里没少提到他,据说他能御风而行;做小柔的"肉丝"得知道点杂学呀。

八、俗语,说话不注意、不严谨,给人留下把柄的意思。

九、小柔的一本书,其自序叫做"笑一下,足够了"。

十、世界上第一种合成纤维,又叫锦纶。

十一、中国瓷器的主流品种之一。

十二、形容轻盈柔美,亭亭玉立,比如我们的小柔;哦,这样形容她，我可一点也不亏心哟。

十三、中国男人的常用名；白居易的一首诗；"好妹妹乐队"的第一张专辑。

十四、小柔《都是妖蛾子》里一篇文章的题目；这句话常用来形容人吃饱了没事干瞎折腾。

十五、形容那些就要进入不惑之年的人或状态。

十六、出自俗语（显示自己的能力或手艺），后面那个字是"手"。

十七、怀一下旧吧，出自老歌《心的祈祷》，前面字句是"我没有怨你，我"，后句是"我知道"。

十八、在某些场合因紧张、害怕而显得不自然。

十九、小柔的一本书，副题是：一个女生的青春日记。

二十、小柔"妖蛾子世界杯"里一篇文章的题目，在《还是妖蛾子》里。

廿一、高兴；爽快；直截了当——读小柔的文字常有这种感觉哟。

廿二、成年人的意思。

廿三、一家出版社，他们出版了小柔的书《如愿》。

廿四、小柔的又一部书，其中著名文章是《都给我存成一块的》。

廿五、女生找男生时的一个普遍倾向；出自小柔一篇文章的题目，前面字句是"一定要"，在《都是妖蛾子》里。

廿六、小柔一篇文章的题目，在《有范儿》的"作妖"部分。

廿七、使图像、声音、功能等变大。

廿八、意大利名车品牌，希望小柔和"肉丝"们都能开上这种车哟（尽管很不现实）。

廿九、出自小柔一篇文章的题目，后面两个字是"富路"。

三十、小柔《如愿》里一篇文章的题目，在第二辑"不拾闲儿"里；梅艳芳的一首歌。

三一、小柔《把日子过成段子》中第二辑"左眼看书"第一篇文章的题目。

三二、指怂恿、鼓动人做坏事。

三三、男女之间发生短暂感情的某种现象；小柔在《都是妖蛾子》的"鸡零狗碎"部分提到了这类故事，故事的参与者叫老段和猴子。

三四、小柔《十面包袱》中第二辑"老窝"里一篇文章的题目，跟买房、找装修队有关，哦，我说得太多了。

纵　向

1. 算盘上的珠子，扁圆形（答案里有儿化韵哦）。

2. 小柔的一部早期作品的书名，属于校园青春小说；她并不想让我把它攒在填字游戏里，但我真舍不得。

3. 一种草本作物；语文课本里许地山的著名文章。

4. 某种邮递信件；迅速到达的信息。

5. 指那种伟大的、博大的——爱。

6. 小柔《乐意》中"碎语"部分第一篇文章的题目，跟哏儿都的方言有关。

7.《都是妖蛾子》里"羞羞答答"部分一篇文章的题目；蔡琴

唱的一首老歌。

8. 出自《如愿》里一篇文章的题目,后面几个字是"的杀伤力"。

9. 俗话,帮着小孩撒尿的意思。

10.《把日子过成段子》中一篇文章的题目。

11. 旧时供奉"忠义千秋"关老爷的庙;哦,小柔和"肉丝"们都是很讲义气的人哦。

12. 一位作者,她在《都是妖蛾子》第四辑里写了《王小柔也有宠物》这篇有趣的文字。

13. 再怀旧一下,出自"小虎队"的情歌,后面是"串一串,串一株幸运草、串一个同心圆",嗯,这也是我们这些"肉丝"的心愿和状态啊。

14. 小柔的一本书,其自序是"为了在某处相遇"。

15. 魔术的花招;也指不正当的手段等;小柔《有范儿》里一篇文字中提到了。

16. 人类文化中先进的价值观及其规范,其集中体现是:重视人,尊重人,关心人,爱护人——为此,请多看小柔的书吧。

17.《读城》一书中,小柔一篇文章的题目,文章首句说"天津应该算变化快的城市"。

18. 欧洲国家;在小柔写"妖蛾子世界杯"那年,该国足球队赢得了世界杯冠军。

19. 咱北方人对女性的尊称,往往称呼女性上司;小柔在职场上就有这样值得佩服的女上司呀。

20. 出自小柔"妖蛾子世界杯"第一天文章的题目，后面两个字是"瞧果"。

21. 没有把事干成的意思。

22. 小柔《十面包袱》第四辑的题目。

23. 不兴起；不兴盛；不写作。

24.《还是妖蛾子》里一篇文章的题目，讲述了四位女士的故事，这四位女士是：小柔、老徐、胖艳和白花花。

25. 小柔的一本书，其自序是"我想跟你在一起"。

26. 天津话，劝人不要无事生非、没麻烦却自找麻烦的意思；小柔在《还是妖蛾子》的开篇文字中就提到了这类现象。

27. 列夫·托尔斯泰作品中的著名女性，英文写法是 Anna Karenina。

28. 出自小柔一篇文章的题目，后面字句是"需要集体胳膊挎胳膊逛街的"，在《还是妖蛾子》的"blog 起哄架秧子"部分。

29.《三国演义》里那位常胜将军的字。

30. 小柔《十面包袱》第一辑的题目。

31. 英国历史上最伟大文学家的简称，其趣味性堪与小柔比肩——哦，笑谈，我们"肉丝"当然有些自恋哟。

32. 出自小柔《如愿》结尾一篇文章的题目，其后面两个字是"雪月"；哦，我们的填字游戏说明文也可以结尾了，祝大家玩得高兴、快乐，亲们。